KB119511

요가의 언어

" Yogaś cittta-vritti-nirodhah

요가는 마음의 작용을

멈추는(바라보는/조절하는/알아차리는) 것이다."

– 《요가수트라》 1장 2절

요가의 언어

걱정과 고민을 툭,
오늘도 나마스떼

글·그림 김경리

위즈덤하우스

프롤로그

'지금 내가 편안한가'를 먼저 생각합니다

저는 그림을 공부한 사람도, 요가나 무용, 체육 관련 전공자도 아닙니다. 경영학과를 나와서 회사를 다니던 '김대리'였습니다. 5년 넘게 다닌 회사를 그만두는 심정은 꽤 착잡했습니다. 아무래도 저의 첫 직장이었으니까요. 간절히 들어가고 싶었던 회사였습니다. 회사에서 여러 업무를 했지만 특히 고객을 응대하는 일을 오래 했습니다. 전 세계 사람들을 대하며 불만 사항을 처리했는데요. 일하는 과정에서 협박이나 욕을 듣기도 하면서 저의 감정을 뒤로 숨기는 일에 익숙해졌습니다. 아니, 정말로 익숙해졌으면 그렇게 힘들지 않았을지도 모르겠습니다. 점심시간에 화장실에서 숨죽여 울거나 퇴근길에 죽고 싶다는 생각을 자주 했습니다.

엄마가 늘 "너는 어릴 때부터 건강 체질이라 잔병치레가 없었다"고 했던 말이 무색하게 여기저기 아프기 시작했습니다. 수년 동안 일과처럼 침을 맞으러 한의원에 다녔고 한약을 장기간 복용했습니다. 뭘 먹어도 소화가 잘 되지 않았고, 토하는 일이 잦았으며 심지어 호박죽도 얹혔습니다. 당시 회사 과장님이 퇴근 후에 뭐하냐고 물으면 다른 사람들은 모임이나 데이트가 있다고 하는데 저의 대답은 한결같았습니다. "한의원 가요." 진료를 보던 한의사 선생님의 말이 기억납니다. "고구마는 소화가 잘 안되거든요." "김밥이 원래 소화가 안되는 음식이라서…." 그렇게 말씀하시는 한의사 선생님의 책상 한쪽에는 제가 좋아하는 과자가 차곡차곡 쌓여 있었습니다. 빵순이이자 주전부리를 사랑하지만 당시 속이 안 좋아서 먹지 못했던 저는 두 배로 속상했습니다.

그리고 여느 날처럼 약간 부대끼는 속을 안고 퇴근하는 길에 일이 터졌습니다. 갑자기 위가 부어오르면서 뱃속이 울렁거리고 머리가 깨질 듯 아팠습니다. 허리를 굽히고 부들부들 떨리는 손으로 벽을 짚어가며 겨우 근처 화장실을 찾아 들어갔습니다. 구토를 몇 차례 하고 나자 비 오듯

쏟아진 식은땀에 옷이 흥건히 젖었고, 머리가 핑 돌아서 눈을 뜨기 어려웠습니다. 마치 물을 뒤집어쓴 헝겊인형이 된 것처럼 축 늘어져 몸을 일으킬 수가 없었습니다. 결국 구급차에 실려 갔습니다. 응급실에 도착해서 정신을 차린 후 몇 가지 검사를 했는데 별다른 이상이 없다는 결과가 나왔습니다. 신경성 위장병이었던 모양입니다. 하지만 그 후로도 상태는 별로 나아지지 않았습니다.

위장병뿐만 아니라 척추 질환도 있었습니다. 어느 날 갑자기 심한 허리 통증이 느껴져서 세수를 하는 것조차 힘들었습니다. 병원 여러 군데를 거쳐 MRI 촬영을 했고 경추와 요추에 약간의 디스크 이상이 보인다는 진단을 받았습니다. 그리고 감사하게도 진료를 받는 도중에 이런 조언을 들었습니다. "허리는 수술해도 재발할 확률이 높고 수술해도 완전히 좋아지는 건 아니니 척주기립근(척주의 양옆을 따라 길게 뻗은 강한 근육)을 길러서 뼈를 보호할 수 있도록 매일 운동하세요."

어떻게 보면 이 말이 삶을 바꾸는 계기 중 하나가 되었는지도 모릅니다. 어릴 적에 엄마에게 배운 '요가'를 다시 떠올리게 되었으니까요.

중학교 2학년 즈음 처음 요가 아사나(자세)를 접했습니다. 취미로 요가를 배우던 엄마가 직장을 그만두고 요가를 가르치기 시작하던 무렵이었습니다. 힘과 지구력이 부족해서 따라 하기가 쉽지 않았지만, 부장가 아사나(코브라 자세)를 할 때면 오랜 갈증이 해소되는 듯한 느낌을 받았고, 수업이 끝날 무렵 사바 아사나(송장 자세)에서 얻은 평온함은 요가에 대한 특별한 인상을 제게 심어주었습니다. 엄마는 수업을 마치기 전에 항상 "우주에서 가장 소중한 나 자신을 꼭 안아주세요"라고 했는데 그 순간엔 정말로 제가 세상 귀한 존재처럼 느껴졌습니다.

이후 대학을 졸업하고 사회인이 되면서 '가장 소중한 나 자신'의 몸과 마음을 제대로 돌보지 못했지만, 당시의 좋았던 기억을 더듬어 간단한 요가 자세를 혼자 하기 시작했습니다. 통증이 참을 만해지고 줄어들더니 언젠가부터 사라졌습니다. 요가를 더 배우고 싶다는 생각이 들어 회사를 다니면서 요가 강사 교육 과정을 공부하기 시작했습니다.

회사를 그만둔 것은 그로부터 한참 뒤의 일입니다. 마음이 자꾸만 흔들렸습니다. 경제적인 측면, 불안정성, 주변의 염려와 반대 등으로 여러 번 속으로 결정을 번복했습니다. 그러다 이런 생각이 들었습니다. '어차피 평생 다닐 것도 아니고 언젠가는 그만둘 날이 올 텐데, 그게 지금이 아닐까?' 쉽지 않은 결정을 내릴 수 있었던 데는 신랑의 적극적인 지지와 가까운 친구들의 응원이 큰 도움이 되었습니다. '결국 내 인생'이라는 친구의 말이 가슴에 와닿았습니다. 끊임없이 누군가의 눈치를 보며, 타인의 기대에 부응하기 위해 사는 건 이제 그만하고 싶다는 생각이 들었습니다.

호흡을 하며 요가 자세에 집중하다 보면 마음을 무겁게 짓누르는 스트레스에서 해방되는 기분이 들었습니다. 또 쉬고 있던 근육에 탄력이 생기고 균형감각과 집중력, 지구력, 유연성이 눈에 띄게 좋아졌습니다. 점점 화장을 옅게 하고 바람이 잘 통하는 편한 옷을 즐겨 입게 되었습니다. '내 몸이, 내 얼굴이 남에게 어떻게 보이는가' 하는 문제보다 '지금 내가 편안한가'를 먼저 생각하게 되었습니다.

저의 요가 수련을 기록하기 위해 촬영을 시작했습니다. 촬영이라고 해서 거창한 건 아니고 그냥 집에서 대충 휴대폰을 탁자에 올려두고 찍었습니다. 혼자 하는 것이고 대형거울이 있는 것도 아니어서 자세를 확인할 겸 영상을 캡처했습니다. 그러다가 별 생각 없이 공책에 영상 속 제 자세를 끄적끄적 그렸습니다.

희한한 일이었습니다. 예전에는 아무리 아이라인을 짙게 그리고 예쁜 힐을 신고 꽃잎 같은 치마를 입어도 거울을 보면 하나부터 열까지 '못난 그림 찾기'라도 하는 것처럼 부족한 점만 잔뜩 보였는데 요가에 집중하고 있는 영상 속의 저는 맨 얼굴임에도 빛이 났습니다. 하체의 굴곡이나 척추의 모양, 젖힌 목, 힘을 주어 지탱하고 있는 팔, 당긴 발끝까지도 하나도 못난 게 없다는 생각이 들었습니다. 자세의 완성도와 관계없이 의지를 가지고 호흡을 놓지 않으면서, 동작을 유지하고 세상 편안한 얼굴로 이완하고 있는 제 모습을 그림을 통해 다시 보니 괜찮아 보였습니다. 처음으로 내가 아름답다고 느껴졌습니다. 그렇게 요가 수업을 하면서 SNS에 요가 그림과 에세이를 연재하기 시작했습니다. 그리고 운 좋게도 지금의 출판사와 인연이 닿아서 이 책을 쓰게 되었습니다.

사실 회사를 그만두려 할 때 제일 마지막까지 반대한 사람이 엄마였습니다. 저를 낳은, 그리고 요가를 처음 알게 해준 분. 모든 사람이 말려도 끝까지 저를 응원해주었으면 했던 엄마의 반대에 굉장히 속상했습니다. 하지만 그 마음은 이해할 수 있었습니다. 당신이 오랫동안 해온 일이고 현재도 하고 있기에 얼마나 직업적으로 불안정한지, 외롭고 힘든 일인지를 누구보다도 잘 알기 때문이었을 겁니다.

결국 저는 고민 끝에 사직했고 주사위는 던져졌습니다. 엄마는 처음에는 제 선택을 지지하지 않았지만 이 책을 쓰는 과정에서 감수와 조언을 해주셨습니다. 또 요가 교안에 대한 이야기도 깊이 나누고 함께 요가 해부학 워크숍에도 갑니다. 이제는 같은 직종인 만큼 서로의 길을 응원해주고 있습니다. 아래는 제 결혼식 때 엄마가 낭독하신 축시의 일부입니다.

"인생에 주어진 의무는
다른 아무것도 없다네
그저 행복하라는 한 가지 의무뿐
우리는 행복하기 위해 이 세상에 왔지"

- 헤르만 헤세의 시 〈행복해진다는 것〉 중에서

어쨌든 우리가 바라는 건 같습니다. 행복하게 사는 거죠. 그리고 행복을 위해 내가 택한 것은 요가입니다.

차례

1장。

부드럽고 개운하게 '몸풀기'

2장。

불안하거나 화나는 마음을 가라앉히는 '전굴'

3장。

가슴속 응어리를 없애고 창조적 영감을 주는 '후굴'

4장。

몸과 마음을 여는 '골반 열기'

5장。

굳어진 몸과 더부룩한 속을 풀어주는 '측굴', '비틀기'

6장。

관점을 뒤집어주고 머리 아픈 고민을 덜어주는 '역자세'

7장。

흩어진 마음을 모아주는 '균형 잡기'

이 책의 활용법을 소개합니다

1. 본문 구성

내면의 단단함과 외면의 탄력

→ 각 요가 자세의 전반적인 느낌이나 의미를 담았습니다.

다누° 라 아사나 Dhanurasana,
파당구쉬타° 다누라 아사나 Padangusthadhanurasana

(°다누=활, °파당구쉬타: 파다=발+앙구쉬타=엄지발가락)

→ 요가 자세의 산스크리트어 이름입니다. 간혹 현대에 나오거나 변형된 요가 자세 중에는 산스크리트어 이름이 따로 없는 경우도 있습니다. 이름의 의미를 함께 적어놓았습니다.

: 활 자세

→ 요가 자세를 부르는 또 다른 이름입니다.

→'일상 요가' 편을 제외한 모든 자세는 저를 영상으로 찍은 후 직접 그렸습니다. 책에는 접근하기 쉬운 순서대로 동작이 담겨 있습니다. 자세는 꼭 양쪽을 함께해서 균형을 맞춰주세요.

⚘ 이미지 : 활, 다이아몬드

→자세 이름이 가리키는 것(활) 또는 주관적으로 떠오르는 것(다이아몬드)을 적었습니다.

⚘ 경험 : 공복에 하는 게 좋다. 팔은 팽팽하게, 어깨는 내리고 고개를 들어 위를 본다. 엉덩이와 허벅지 뒤쪽에 힘을 주어 하체를 더 올려본다.

→자세를 취하는 데 있어 '육체적으로' 중요하다고 느낀 부분을 적었습니다.

⚘ 명상 포인트 : 내면의 단단함과 외면의 탄력

→자세를 하기 전이나 후에 떠오른 '정신적인' 차원에서의 주요 포인트를 제 주관적인 관점으로 정리했습니다.

2. 자주 나오는 용어

전굴

척추를 앞으로 숙이는 것. 척추의 굴곡.

후굴

척추를 뒤로 젖히는 것. 척추의 신장(길게 늘임).

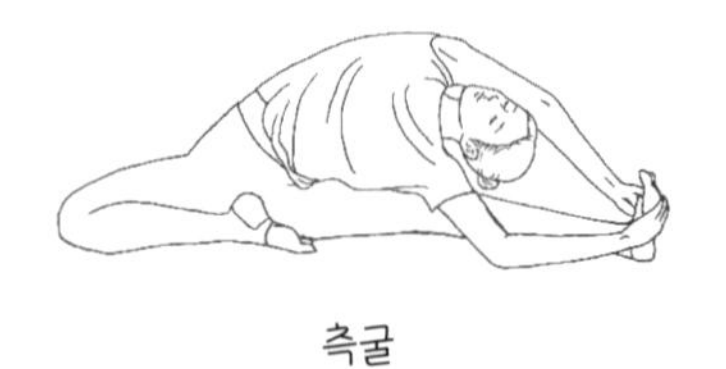

측굴

척추를 옆으로 기울이는 것.

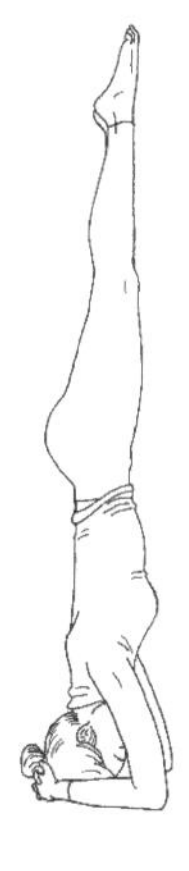

역자세

위아래로 몸을 뒤집는 것. 발이 아닌 머리나 팔, 손, 어깨 등으로 몸을 지탱한다.

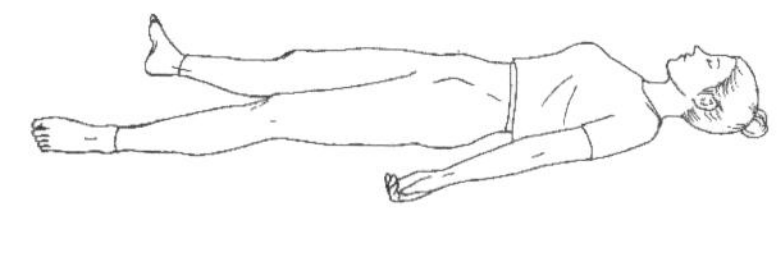

이완

힘을 빼는 것. 근육의 이완.

3. 자주 나오는 인체 구조

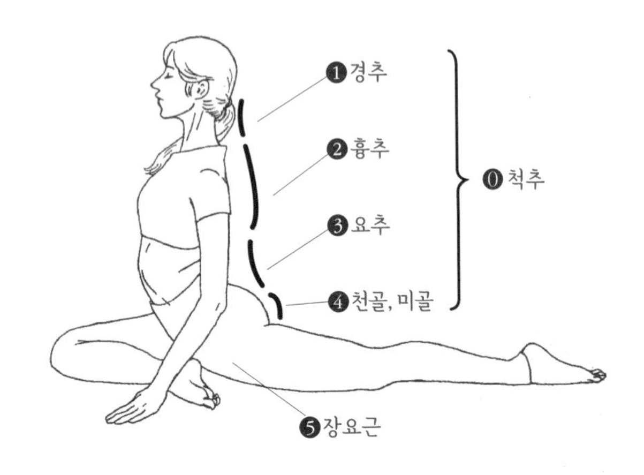

⓿ **척추**: 인체에서 목~엉덩이까지의 주요 골격을 구성하는 뼈 구조물. 경추, 흉추, 요추, 천추로 구성된다. 참고로 척추뼈와 연골기둥을 합해 척주라고 한다.

❶ **경추**: 7개의 목뼈로 이루어져 있으며, 앞으로 기울어진 모양이다.

❷ **흉추**: 12개의 등뼈로 이루어져 있으며, 뒤로 굽어진 모양이다.

❸ **요추**: 5개의 허리뼈로 이루어져 있으며, 앞으로 기울어진 모양이다.

❹ **천골**: 천추라고도 한다. 5개의 뼈가 하나로 합쳐진

것으로 척주를 이루는 뼈 중 가장 크다. 미골, 볼기뼈와 함께 골반을 이룬다.

미골: 미추라고도 한다. 척추 가장 아래에 3~5개(사람마다 다름)의 작은 뼈들이 퇴화되면서 굳어진 것으로 골반의 아랫부분을 구성한다.

❺ **장요근**: 엉덩허리근. 장골근(엉덩근)과 대요근(허리근)으로 이루어져 고관절의 굽힘에 관여한다.

❻ **골반**: 척추와 다리를 연결해주는 부위. 한 쌍의 볼기뼈, 천골(엉치뼈), 미골(꼬리뼈), 치골(두덩뼈) 결합, 천장관절(엉치엉덩관절)로 구성된다.

❼ **고관절**: 엉덩관절. 엉덩이와 다리가 이어지는 부분.

❽ **이상근**: 천골 표면에서 시작하여 볼기뼈 앞을 지나서 대퇴골(넙다리뼈) 윗부분에 붙어 있다. 이상근 아래에 좌골신경의 윗부분이 있어서 이 근육에 문제가 생기면 좌골신경을 압박하여 고관절이나 다리에 여러 가지 통증을 유발(이상근증후군)할 수 있다.

❾ **햄스트링**: 허벅지 뒤쪽, 엉덩이와 무릎관절 사이에 위치한 4개의 근육. 다리를 움직일 때 방향을 바꾸거나 속도를 조절하는 역할을 한다.

요가를 시작하기 전에 준비해볼까요?

1. 호흡법(요가에는 여러 가지 호흡법이 존재하지만 여기서는 자세를 취할 때의 간단한 호흡법만을 다루었습니다.)

요가를 할 때 호흡은 편하게 합니다. 되도록 입이 아닌 코로 숨을 쉬고, '복식호흡'을 하는 걸 추천해요. 숨을 들이마실 때 횡격막이 부풀어 오르도록 깊게, 내쉴 때 배가 홀쭉해도록 길게 내쉽니다. 단, 깊은 자세에서는 횡격막의 움직임이 제한될 수 있으므로 그냥 자연스럽게 호흡하는 게 도움이 돼요.

2. 장소 및 환경

실외보다는 실내가, 시끄러운 곳보다는 조용한 공간이 집중이 잘 됩니다. 조명은 너무 밝거나 어둡지 않은 은은한 조명이 좋아요. 수련할 때 음악은 취향대로 들어도 됩니다. 참고로 저는 거슬리지 않을 정도의 가사가 있는 잔잔하거나 명상적인 분위기의 외국 팝송(어쿠스틱, 포크 등)을 즐겨 듣습니다.

3. 수련 시간

수련은 순수하게 내가 하고 싶은 만큼 합니다. 바쁘면 5분, 시간 여유가 있고 오늘 요가로 불태워보자, 그런 기분이면 90분 또는 그 이상 시간을 들여 수련합니다. 요가하기에 좋은 시간대 역시 따로 없습니다. 요가를 하기 전에 최소 2시간은 공복을 유지하는 게 좋습니다. 속이 적당히 비어 있어야 자세를 하기 편하거든요.

4. 준비물

복장은 편안하고 신축성이 아주 좋은 옷을 추천합니다. 너무 꽉 끼면 혈액순환을 방해하고 자세도 잘 안되고, 반대로 지나치게 헐렁한 옷은 흘러내려서 불편해요. 액세서리는 동작을 하다가 다칠 수 있으므로 웬만하면 하지 않는 편이 좋습니다. 머리카락도 몸에 걸리거나 시야를 가리지 않도록 정돈하는 게 편해요. 매트는 잘 미끄러지지 않는 요가 전용 매트를 사용하는 게 좋습니다. 개인적으로 매트는 5mm 정도의 두께를 선호해요. 너무 두꺼우면 푹푹 빠져서 균형 잡는 동작을 할 때 어렵고 너무 얇으면 딱딱해서 아프거든요. 땀이 많은 체질이라면 매트 위에 깔아서 쓸 수 있는 요가 타월을 추천합니다. 그 외에 준비물은 땀을 닦거나 엎드리거나 눕는 자세를 할 때 얼굴이나 머리를 댈 수 있는 작은 스포츠용 수건이나 손수건, 요가 후 누워서 쉴 때 덮을 수 있는 담요, 수련 전이나 후에 목을 축일 수 있는 물 등을 준비해요.

5. 마음가짐

자세는 각자의 체형과 골격, 수련 방식에 따라 차이가 날 수 있습니다. 그러므로 무리해서 모양을 완성하는 것보다는 요가를 하는 과정에서 느껴지는 몸의 감각과 마음의 변화에 집중하는 편이 좋습니다. 내 몸이 가능한 오래 건강할 수 있도록 부드럽게 꾸준히 합니다.

나마스떼, 요가 여정의 시작

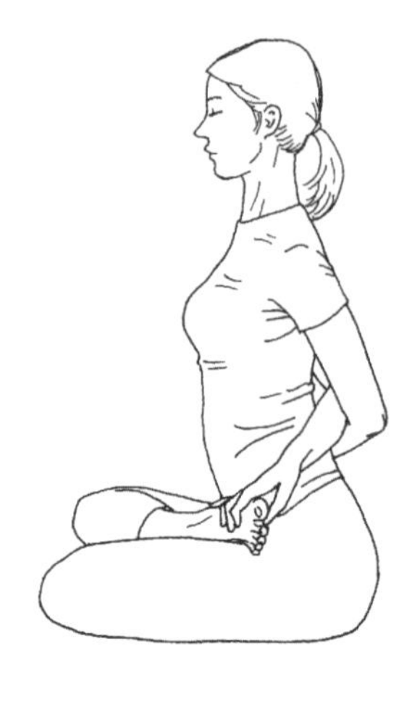

받다 파드마 아사나

나마스떼Namaste

= 당신과 내 안의 신성한 빛에 경배합니다.

"나마스떼." 요가의 첫인사이자 끝인사입니다. "당신과 내 안의 신성한 빛에 경배합니다"라는 뜻입니다. 참 아름다운 말이지요. 이토록 부드럽고 평화로운 뜻이라니. 그냥 인사하는 것만으로도 조금 더 나은 내가 된 것 같은 기분이 듭니다. 나마스떼의 뜻을 제일 먼저 말씀드리는 이유는 '요가의 정의'와도 관련 있기 때문입니다. 오래전에 고대 인도의 육파(6개) 철학 중 하나인 '요가학파'의 주요 인물인 '파탄잘리'가 《요가수트라》에 명시해놓았죠.

> **"요가는 마음의 작용을 멈추는**(바라보는/조절하는/알아차리는) **것이다."**
>
> **– 파탄잘리, 《요가수트라》**

요가는 '몸으로 하는 거'라고 생각하실 수 있습니다. 맞는 말이지만 '몸으로만' 하는 것은 아닙니다. 마음이 함께 해야 하거든요. 지금 매트 또는 바닥 위에 있는 내 몸에, 호흡에 의식을 집중해야 합니다. 그러다 보면 조금씩 몸이 부드러워지고, 동시에 강해지면서 '아, 정말 요가하길 잘했어' 나아가서는 '아, 살아 있길 잘했어'라고 느끼는 시간들이 올 거예요.

요가가 만병통치약이고 구원이라는 얘기를 하려는 건 아닙니다. 다만 나를 괴롭히는 모든 상념과 상황, 타인에 대한 감정들을 떠나서 지금 여기에 살아 숨 쉬는 '나 자신'을 있는 그대로 마주하게 도와준다는 것만은 분명합니다.

저는 요가 자세에 따라서 마음이 차분하게 가라앉기

도 했고, 몸이 뜻대로 되지 않아서 속상하기도 했고, 뭐든지 할 수 있을 것만 같은 용기를 얻기도, 탁 트인 바다를 만난 듯 해방감을 느끼기도 했습니다.

신의 이름을 가진 자세, 용맹한 동물을 닮은 자세 등 요가의 다양한 자세에 개인적으로 떠오르는 이미지와 수련 경험, 생각해보면 좋을 명상 포인트를 덧붙여 보았습니다. 이 책을 보는 모든 분들이 요가를 통해 각자의 내면 여행을 떠나봤으면 합니다.

서툴지만 즐겁게 요가 여정을 시작합니다.

1장。 부드럽고 개운하게 '몸풀기'

비달라° 아사나Vidalasana

(°비달라=고양이)

: 고양이 자세, 소·고양이 자세, 마르자리 아사나

숨을 마실 때

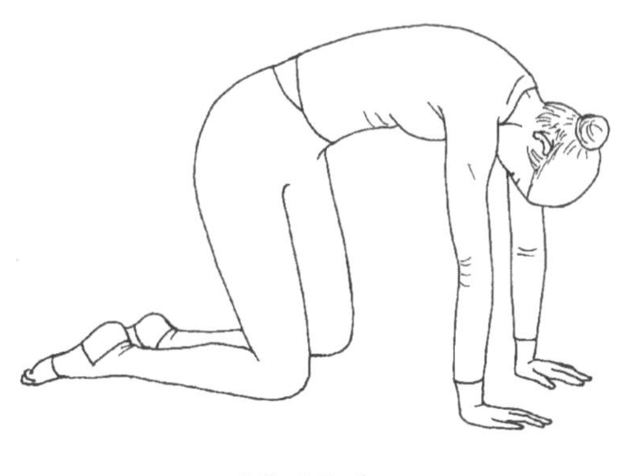

숨을 내쉴 때

고양이 하면 '도도함', '유연함', '민첩함', '균형감각' 등이 떠오릅니다. 고양이는 높은 곳에서 떨어져도 뛰어난 균형감각과 유연한 등뼈 그리고 두툼하고 탄력적인 발바닥, 강한 뒷다리 덕에 잘 다치지 않는다고 하죠. 멋있는 동물이에요. 그 부드러운 척추를 조금이라도 닮고 싶은 마음이 듭니다.

익숙한 일상 속에서 잠시 멈추어 세상에서 가장 소중한 게 무엇인지 스스로 질문해보았습니다. 여러 가지가 떠올랐어요. 사랑과 우정, 가족, 돈, 물과 공기, 음식, 최애. 그리고 생각난 것은 바로 '나 자신'입니다. 앞의 그 모든 것은 내가 있기에 인지하고 누릴 수 있으니까요.

이 '나'라는 친숙하면서도 때론 낯선 존재는 스스로를 속박하는 껍데기이면서 동시에 무한한 가능성을 지닌 알맹이이기도 합니다. 나는 주인으로서 이 몸을, 방황하는 마음을 잘 다스려나갈 의무가 있습니다. 그리고 그런 돌봄은 진정한 애정이 있을 때 가능합니다. 힘든 세상살이 속에서 나를 한 번씩 돌아봐주세요. 내 영혼의 민낯은 어떤 표정을 하고 있는지 바라봅니다.

기지개를 켜듯이 오늘도 고양이 자세를 합니다. 척추를 부드럽게 자극해서 내 몸과 마음이 깨어나도록 만들어요. 고양이 자세는 우리 몸의 큰 기둥이자 에너지의 핵심 통로인 척추를 파도처럼 부드럽게 움직이는 동작입니다. 수많은 신경들이 척추를 중심으로 연결되어 있죠. 간결하면서도 중요한 '척추 운동'이기 때문에 수업시간마다 챙겨 합니다.

무릎과 발등을 골반 너비로 열고 양손은 어깨 너비로 손가락을 넓게 열어 바닥을 짚습니다. 이렇게 테이블 자세를 취한 뒤 숨을 마시면서 손으로 바닥을 누르고 턱과 꼬리뼈를 높이 올립니다. 어깨를 내림과 동시에 팔꿈치는 몸 뒤를 향하게 하고 가슴을 들어 올리며 고개를 뒤로 젖혀요.

엉덩이도 위로 올려서 척추가 마디마디 살아나게 만들어봅니다.

이제 내쉬는 숨에 반대로 등을 둥글게 말면서 꼬리뼈를 낮추고 고개를 숙여 시선은 배꼽을 봅니다. 아랫배를 등쪽으로 납작하게 잡아당기면서 고양이의 둥글고 부드러운 척추를 떠올려요. 들숨 날숨에 따른 두 동작을 묶어서 '고양이 자세'로 칭하기도 하지만 첫 번째 그림의 자세를 '소·고양이 자세' 중에서 '소 자세'라고 부르기도 합니다.

매일 꾸준히 이 아사나를 수련하면서 미세한 내부의 움직임에 집중해보면 척추를 비롯한 몸 전체가 조금씩 더 부드러워지면서 탄력적으로 변할 거예요.

스스로를 사랑하는 마음으로 나를 돌보듯이 고양이 자세를 합니다.

- 이미지 : 고양이, 유연한 척추, 파도의 움직임, 들숨과 날숨
- 경험 : 테이블 자세에서 숨을 들이마시며 턱과 꼬리뼈를 높이 들고 어깨를 내려서 가슴을 더 높이 올린다. 어느 정도 유지한 뒤 숨을 내쉬며 반대로 등을 둥글게 만들고 꼬리뼈를 낮추고 고개를 숙여 아랫배를 등쪽으로 당긴다. 몇 차례 반복한다.
- 명상 포인트 : 자기애, 세상에서 가장 소중한 나 자신

자누° 시르사° 아사나Janusirsasana

(°자누=무릎, °시르사=머리)

: 베토벤 7번 교향곡

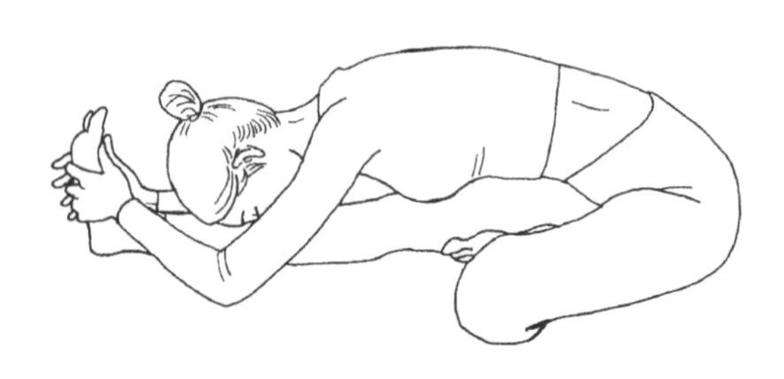

이 자세만큼 일상의 소중함을 떠오르게 하는 동작이 또 있을까요? 무수히 많은 요가 아사나 중에 매일 챙겨 하는 자세입니다. 이 아사나는 별칭이 없네요. '베토벤 교향곡 제7번'과 마찬가지로. 뜬금없지만 저는 베토벤을 좋아합니다. 대학교 때 미국에서 교환학생으로 공부하며 새벽까지 기말 과제(국제 경영학)를 하다가 잘 안 풀려서 인터넷으로 베토벤 7번 교향곡 공연 영상을 찾아보았습니다.

오래된 영상이었기에 아주 유명했던 지휘자(헤르베르트 폰 카라얀)를 비롯해서 몇몇 연주자들은 이미 세상에 없었죠. 하지만 그 순간만큼은 완전히 '살아 있는' 연주에 심장이 뛰었습니다. 이상적인 어느 세계의 찬란한 모습을 운 좋게 엿듣는 것만 같았어요.

한참을 넋 놓고 음악을 들으며 지휘자의 손짓, 단원들의 손가락, 감긴 눈과 눈썹의 움직임 등을 보다가 왈칵 눈물이 흘렀습니다. 베토벤의 다른 교향곡도 물론 훌륭하지만 7번의 비교할 수 없이 밝은 에너지는 당시 타지에서 먹는 걸로 스트레스를 풀며(살이 많이 쪘습니다… 10kg) 외로움과 괴로움을 달래던 저에게 커다란 위안을 주었습니다. 그 음악이 지닌 밝은 에너지는 시끌벅적하고 화려한 것이 아니라 내 속에 있는 의식이 점점 고양되도록, 그래서 어두운 곳에서 환한 곳으로 부드럽게 이끌어내도록 하는 그런 종류의

'밝음'이었습니다.

같은 맥락에서 자누 시르사 아사나는 화려하지 않습니다. 비교적 어려운 기술, 대단한 유연성이나 근력을 요구하는 자세는 아니거든요. 옛날 인도 요기들처럼 다리가 매우 긴 체형이라면 또는 등을 둥글게 말고 전굴을 한다면 머리가 무릎에 닿을 수 있어요. 하지만 저는 상체를 앞으로 기울여 아랫배를 허벅지에 붙이고 가슴은 무릎, 얼굴은 정강이, 정수리는 발등 쪽으로 내미는 걸 선호합니다.

요가 매트를 바닥에 깔기까지는 수많은 장애요소가 있습니다. 오늘은 너무 피곤해서, 일이 많아서, 시험이나 과제가 있어서, 선약이 있어서, 월요일이라서, 컨디션이 좋지 않아서, 웹툰을 봐야 해서, 매트를 깔기 귀찮아서 등등. 하지만 이런저런 역경을 이겨내고 매트를 촤라락~ 펼치고 나면 그 다음부터는 모든 것이 쉬워집니다. 요가를 하면 되거든요.

가장 먼저 하는 동작 중 하나가 바로 자누 시르사입니다. 다리 햄스트링을 이완하고 전반적으로 가볍게 몸을 푸는 데 좋거든요. 즉 요가 여정의 '길잡이'와 같은 자세입니다. 위에서 내려다보면 모양도 화살표처럼 보이네요.

오른 다리를 앞으로 쭉 펴고 앉아 왼 무릎은 접어 발바닥을 오른쪽 허벅지 안쪽에 밀착합니다. 양손으로 발날 또는 다리를 잡고 마시는 숨에 가슴과 배를 앞으로 내밀고 어깨에는 긴장을 풉니다. 이때 양손의 위치는 같은 곳에 두어서 몸의 측면 길이를 맞춰줍니다. 편 다리의 허벅지 안쪽에서부터 발 앞꿈치까지 지그시 힘을 주어 발가락과 발 바깥날을 살짝 몸쪽으로 당기고 다리 뒷면을 바닥에 더 가까이 붙입니다. 내쉬는 숨에 골반을 기울이며 상체를 다리 위로 숙입니다. 반대쪽도 동일하게 합니다.

천천히 호흡하며 눈을 감아요. 내가 짊어지고 있던 수만 가지 근심과 해결해야 할 문제들은 사라지고 혈관에 흐르는 피, 호흡, 수축과 팽창을 느낍니다. 살아 있는 내 몸이 지금 여기에 있습니다.

- 이미지: 베토벤 7번 교향곡, 화살표, 길잡이, 어두운 곳에서 밝은 곳으로 점차 나를 이끌어냄
- 경험: 편 다리의 안쪽에서부터 발 앞꿈치까지 지그시 힘을 주고 상체를 다리 위로 숙인다. 어깨나 목에는 긴장이 없도록 한다. 호흡을 길게 하여 다리 뒤쪽이 이완되는 걸 느낀다.
- 명상 포인트: 일상의 소중함, 밝음

받다° 코나° 아사나Baddhakonasana

(°받다=고정되다, °코나=각도)

: 나비 자세, 구두 수선공 자세

받다 코나 아사나 1

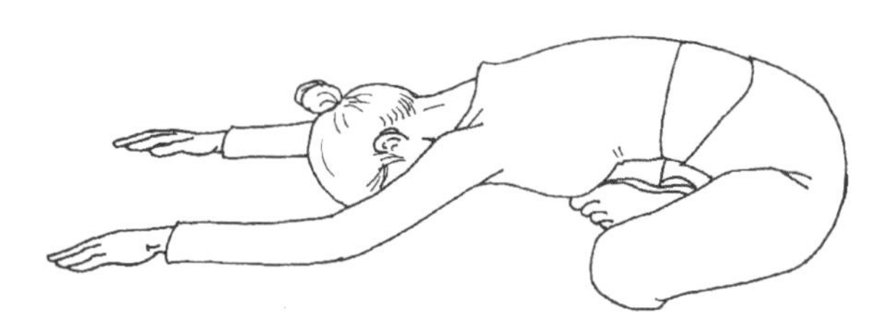

받다 코나 아사나 2

나비 자세입니다. 정면이나 위에서 보면 나비가 날개를 펼친 모양과 닮았어요. 나비처럼 생긴 '골반'을 부드럽게 열어주는 자세입니다. 또는 '구두 수선공 자세'라고 부르기도 합니다. 옛날 구두 수선 장인들이 이 자세로 발 사이에 신발을 끼고 작업했다고 해요(그리고 그 분들은 대개 건강했다는 이야기도 함께 전해집니다. 믿거나 말거나). 이름 뜻처럼 (다리를) 일정한 각도로 고정하는 자세라고 할 수 있습니다.

받다 코나 아사나는 고양이 자세와 더불어 제가 수련 시간마다 빼놓지 않고 하는 기본적이고 아주 이로운 아사나입니다. 골반과 고관절을 열어주고 하체의 혈액순환을 원활하게 하며 골반 안쪽의 장기를 건강하게 합니다. 그래서 월경전증후군을 완화하는 데도 효과가 있어요.

그뿐만 아니라 마음을 차분하게 하여 내면을 들여다

보기 좋은 상태로 만들어줍니다. 이는 대부분의 '전굴(몸을 앞으로 숙이는) 자세'에 해당되는 요소이기도 해요.

피곤하고 온몸이 쑤실 때 그리고 깊은 요가 아사나에 들어가기 전 몸을 풀면서 받다 코나 아사나를 합니다. 내쉬는 숨마다 긴장을 풀고 몸을 지그시 누르는 중력을 느끼다 보면 한결 편안해지는 것 같아요.

발바닥을 붙이고 무릎을 좌우로 열고 앉습니다. 깍지 낀 손으로 발을 잡고 몸을 좌우로 들썩이며 엉덩뼈를 뒤로 보냅니다. 무릎을 위아래로 나비가 날갯짓하듯이 부드럽게 움직여서 고관절의 긴장을 풀어요. 그리고 숨을 깊게 들이마신 후에 내쉬면서 상체를 앞으로 숙입니다. 손은 그대로 발을 잡은 채 두셔도 좋고, 양팔을 앞으로 뻗어서 바닥을 짚어도 좋습니다. 엉덩이와 다리 바깥면을 바닥에 잘 내려놓고 목, 어깨와 등은 가볍게 긴장을 풀어요. 이제 눈을 감은 채 숨을 마실 때 횡경막이 부풀면서 아랫배가 볼록해지고, 숨을 비워낼 때 배가 납작해지는 것을 느껴봅니다.

골반과 고관절을 여는 일에는 시간과 정성이 필요합니다. 나무늘보가 된 것처럼 아주 느릿느릿 움직여요. 적어도 천천히 10번은 복식호흡을 합니다. 골반과 고관절을 닫아주고 모아주는 '고무카 아사나(소머리 자세. 75쪽)'와 함께하면 좋습니다.

평소 골반과 고관절이 유연하지 않다고 느껴진다면 더더욱 꾸준히 수련하기를 권하는 자세입니다. 중요한 장기들이 모여 있고 척추의 끝이 연결되어 있는 나의 골반에 감사하면서 안아주듯이 나비 자세를 합니다.

- 이미지: 나비, 구두 수선공, 나비 모양의 골반
- 경험: 상체의 긴장을 덜고 골반 자체를 앞으로 기울인다. 복식호흡을 하며 내쉴 때마다 긴장을 푼다.
- 명상 포인트: 느릿느릿, 기다림

아도° 무카° 스바나° 아사나Adomukhasvanasana

(°아도=아래로, °무카=얼굴/입, °스바나=개)

: 아래로 향한 개 자세, 다운독

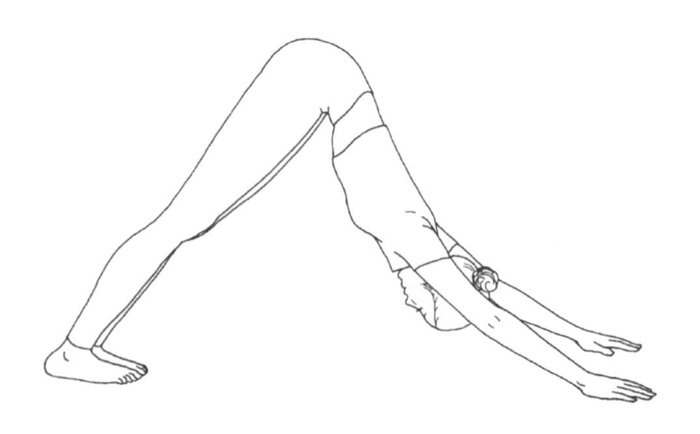

아도 무카 스바나 아사나에서 한쪽 무릎 당기기

아도 무카 스바나 아사나에서 한 발 전갈 자세(스콜피온)

요가 수업에서 숨 쉬듯이 자주 하게 되는 아래로 향한 개 자세(다운독)입니다. 제 생각에 요가의 좋은 점은 몸을 쭉 뻗는 것, 웅크리는 것, 비트는 것, 뒤로 젖히는 것, 들어 올리는 것이 다 있다는 점입니다. 말하자면 사람의 몸으로 할 수 있는 모든 종류의 동작이 있습니다. 그것도 하루아침에 생긴 것이 아닌, 아주 오랜 시간 수련자들에 의해 지층이 쌓이듯 축적된 건강을 추구하는 움직임입니다.

그 건강은 육체와 정신의 건강입니다. 요가의 궁극적 목표인 '사마디(《요가수트라》에 나오는 요가의 8단계 중 마지막 단계인 삼매(三昧), 깨달음)'에 이르기에 적합한 몸과 마음의 상태를 만들어갑니다.

위에서 말한 '몸을 쭉 뻗는 것, 웅크리는 것, 비트는 것, 뒤로 젖히는 것, 들어 올리는 것'을 다 할 수 있는 동작 중 하나가 바로 아도 무카 스바나 아사나입니다. 팔방미인 같아요. 변형 자세들을 꾸준히 하다 보면 팔다리의 힘과 유연성은 물론 엉덩이의 힘, 옆구리와 복근의 힘, 등과 허리의 유연성을 함께 기를 수 있습니다.

우선 아도 무카 스바나 아사나 기본자세가 몸에 익도록 수련하는 게 좋아요. 몸의 뒷면을 전반적으로 이완시켜주는 자세입니다. 그런데 이 기본동작도 쉬운 것은 아니에요. 몸 상태에 따라 조금씩 다르게 느껴지거든요. 더 오래 앉아 있었거나 유독 스트레스를 받았거나 다리를 제대로 편 적이 없는 날에 하면 다리 햄스트링이 평소보다 당기고 어깨와 등도 뭔가 불편하게 느껴집니다. 같은 자세와 같은 사람인데 조건에 따라 매번 새롭다는 것이 신기해요. 그래도 부지런히 자세를 하다 보면 다운독이 휴식처럼 느껴지는 날이 옵니다.

우선 바닥에 무릎을 대고 무릎과 발등을 각각 골반 너비로 벌리고, 양손은 어깨 너비로 바닥을 짚고 손가락을 넓게 열어요. 이렇게 몸을 테이블 자세로 만들었다가 발끝을 세워 무릎을 들어 올리며 엉덩뼈와 발뒤꿈치를 높이 들었다가 뒤꿈치를 바닥에 누르며 체중을 하체 쪽에 더 싣고 등을 쭉 폅니다. 발 모양은 골반 너비로 유지하거나 발 안쪽 날과 엄지발가락을 나란히 모아요(저는 발을 모으는 자세를 더 선호합니다).

어깨를 좌우로 넓게 열고 목에 긴장을 풀어 발가락을 내려다봅니다. 엉덩이는 하늘을 향해 올리고, 내쉬는 숨마다 아랫배를 등쪽으로 당겨요. 만일 등이 위로 둥그렇게 솟고 어깨랑 팔에 부담이 느껴진다면 발꿈치를 들고 무릎을 약간 굽혀 상체를 곧게 펴는 데 중점을 둡니다. 자세가 편해지면 점차 무릎을 펴고 뒤꿈치를 바닥에 내려요. 천천히 호흡하며 몸의 후면이 이완되는 것을 지켜봅니다.

기본자세가 익숙해지면 몇 가지 변형 동작을 취해봅니다. 한 발을 위로 들어 올려 발끝까지 쭉 뻗고, 아래에서 지탱하고 있는 발꿈치를 바닥에 누르며 어깨가 위로 올라가지 않도록 합니다. 올린 다리는 안쪽으로 살짝 회전시켜 골반 좌우 균형을 맞춰요.

그 후 바닥에 있는 발꿈치를 들며 올린 다리의 무릎을 얼굴 가까이 가져오며 동시에 고개를 숙여(고양이 자세하듯) 등을 웅크립니다. 다리를 위로 올렸다가 이번엔 같은 쪽 혹은 반대쪽(비틀기 효과가 있음) 겨드랑이 방향으로 무릎을 굽혀 당겨옵니다. 이때 굽힌 다리의 발끝이 바닥에 닿지 않도록 유지해요.

그리고 다시 다리를 천장으로 뻗었다가 골반을 위로 활짝 열고 무릎을 굽혀 한 발 전갈 자세(스콜피온)를 해봅니다. 기본 아도 무카 스바나 아사나로 돌아와 몇 차례 호흡하고 반대쪽 다리도 같은 순서로 합니다.

마음의 여유가 없거나 시간이 없는 날에 간단하게 다운독과 변형 자세들만 해도 뭉친 부분들이 풀리면서 한결 몸이 가벼워질 거예요.

- 이미지: 강아지가 기지개 켜는 모양, 팔방미인
- 경험: 체중은 하체에 더 싣고 어깨를 넓게 열고 목에는 힘을 뺀다. 기본 자세가 편안해지면 변형 동작들을 시도해본다.
- 명상 포인트: 마음(또는 시간)의 여유 갖기

우르드바° 무카° 스바나° 아사나Urdhvamukhasvanasana

(°우르드바=위로 향한, °무카=얼굴/입, °스바나=개)

: 위로 향한 개 자세, 업독

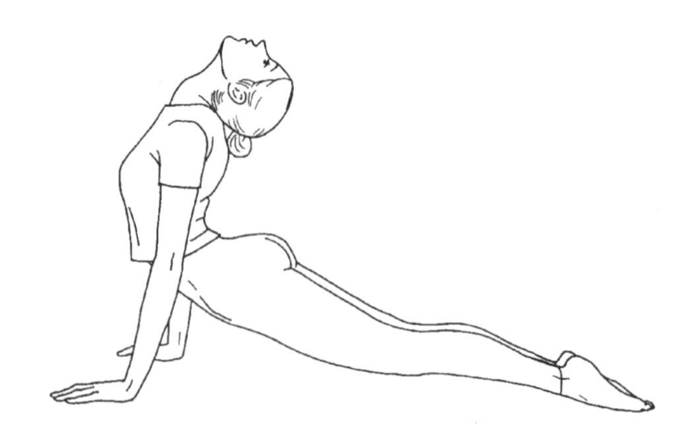

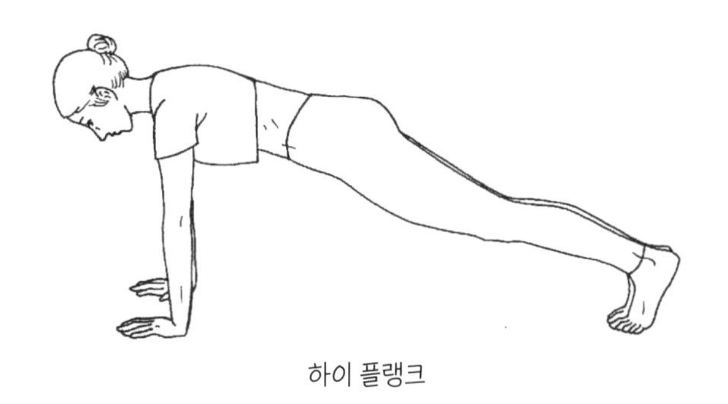

하이 플랭크

아도 무카 스바나 아사나(다운독)의 짝꿍, 위로 향한 개 자세입니다. 요가 수업에서 보통 다운독이 한 10번 나오고, 업독과 비슷한 모양의 부장가 아사나(코브라 자세. 99쪽)는 3번 정도 그리고 업독은 1번 정도 나올까 말까 하죠. 업독은 팔다리, 엉덩이의 근력과 척추의 유연성이 동시에 필요해서 처음 하는 사람에게는 부장가보다 좀 더 까다롭기 때문일 겁니다(물론 바닥에서 손을 떼는 등 심화 과정으로 가면 부장가가 더 어렵습니다).

발등과 손바닥으로만 몸을 지탱하는 업독. 몸은 비록 땅에 닿을 정도로 가까이 있지만 결코 바닥으로 내려가지 않고, 척추를 반대로 젖히고 얼굴과 가슴을 들어 올려 하늘을 보려는 모양새가 왠지 '희망'을 떠올리게 합니다. 중력과 몸의 저항에도 불구하고 행하는 자세이기 때문이죠. 그래서 이런 말이 생각나요.

"희망은 좋은 거예요.
아마 가장 좋은 것일지도 몰라요.
그리고 좋은 건 절대 사라지지 않아요."

– 영화 〈쇼생크 탈출〉 중에서

영화 〈쇼생크 탈출〉에서 주인공 앤디가 한 말입니다. 이 대사는 앞으로도 오랫동안 기억에 남을 것 같아요. 망망대해에 길을 잃은 것처럼 상황이 좋지 않을 때에도 등대의 빛처럼 힘을 주는 문장입니다.

2018년 여름에 소중한 가족이 아파서 수술을 받았습니다. 그리고 그해 환절기에 저도 몸이 좋지 않았습니다. 주변에 아픈 사람이 있으면 덩달아 무기력하게 되거나 혹은 신경을 많이 쓴 탓에 시름시름 앓게 되는 것 같아요.

이래저래 상태가 좋지 않을 때, 움츠려 있기보다는 조금씩 움직여봅니다. 손가락, 발가락부터 움직이고 다음엔 손목, 발목을 풀어요. 기지개를 켜거나 비달라 아사나(고양이 자세)를 하고 다운독, 업독을 차례로 합니다. 손과 발끝의 말초신경이 자극되며 몸의 앞뒷면이 늘어나고 점차 혈관과 근육이 활발하게 깨어나며 살아 있다는 느낌이 들 거예요.

하이 플랭크 자세에서 몸 전체를 앞으로 밀면서 머리와 상체를 들어 올리고 엉덩이와 다리에 힘을 주며 하체를 낮추어 발등을 바닥에 내려 손바닥과 발등으로만 몸을 지탱합니다. 어깨를 열면서 아래로 내리고 가슴을 더 높이 들어 올리며 고개를 뒤로 젖혀 목을 편안하게 합니다. 이때 상체를 너무 많이 젖히려고 하기보다는 자세의 안정감에 집중합니다. 손목이나 어깨관절에만 기대지 않도록 등과 팔 힘을 이용해요. 또한 발등에서부터 다리 전체, 엉덩이에 힘을 주어 허리를 보호합니다.

할 수 있는 한 최선을 다해 움직여서 삶에 '생기'를 불어넣어요. 말 그대로 '살아 있는 힘'을 느껴봅니다.

- 이미지: 땅에 가깝지만 하늘을 보려는 자
- 경험: 하이 플랭크에서 몸 전체를 앞으로 밀면서 머리와 상체를 들어 올리고 어깨를 낮춘다. 다리와 엉덩이에 힘을 주어 자세를 유지한다. 다운독, 고양이 자세 등과 같이 하면 좋다.
- 명상 포인트: 희망, 살아 있는 힘

2장。 불안하거나 화나는 마음을 가라앉히는 '전굴'

파스치모타나° 아사나Paschimottanasana, 우르드바° 무카° 파스치모타나 아사나

Urdhvamukhapaschimottanasana

(°파스치모타나: 파스치마=몸의 뒷면+우타나=강하게 뻗다, °우르드바=위로 향한, °무카=얼굴/입)

: 앉은 전굴 자세

파스치모타나 아사나에서 상체를 숙이기 전

파스치모타나 아사나

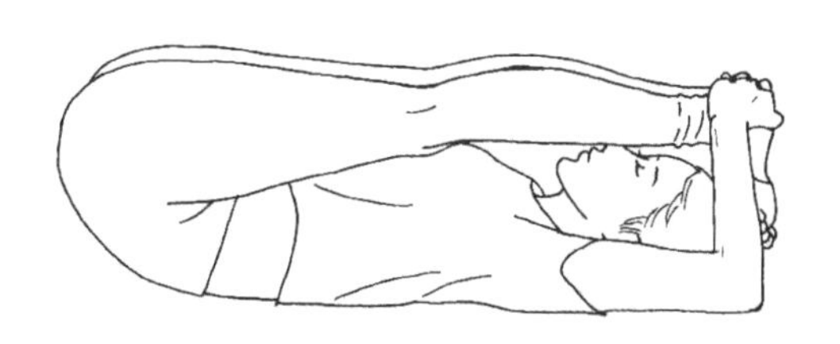

우르드바 무카 파스치모타나 아사나

전굴의 대표 동작, 파스치모타나 아사나는 화가 나거나 들뜬 마음을 가라앉히는 데 좋은 자세입니다. 이 아사나를 하면 라벤더 향이 생각납니다. 고등학교 때 미국에서 교환학생으로 공부하던 시절, 호스트 가족과의 갈등으로 잠시 힘들었던 적이 있습니다. 가깝게 지낸 미국문학 선생님 댁에 책을 빌리러 간 날에 선생님께 속상한 마음을 토로했습니다. 이야기하다 보니 분노와 설움이 동시에 북받쳐 눈가가 흐려졌습니다. 선생님은 말 없이 제 얘기를 끝까지 다 들어주고는 뜬금없이 뒤뜰로 저를 안내했습니다.

선생님의 정원엔 라벤더가 잔뜩 피어 있었습니다. 앉아서 향을 맡아보라는 말씀에 눈을 감고 꽃향기를 가득 들이마셨습니다. 첫 번째 숨에는 마음이 조금 누그러지는가 싶더니 열 번째 숨에 불이 들끓던 속이 거짓말처럼 진정되었습니다. 연보랏빛 꽃처럼 차분하게 기분이 정리되자 좀 전에 씩씩거렸던 일이 다소 민망하게 느껴졌습니다. 실제로 진정 효과가 있는 라벤더의 향처럼, 이 아사나는 어떤 문제에 얽매여 있는 마음을 풀어주고 본래의 나로 돌아오게 도와줍니다. 화가 난 날에는 매트를 깔고 파스치모타나 아사나를 합니다.

먼저 다리를 앞으로 쭉 펴고 앉아 두 다리와 엄지발가

락을 나란히 붙입니다. 허벅지 안쪽에서부터 발 앞꿈치까지 지그시 힘을 주어 다리 뒷면을 바닥 가까이 붙이고 발끝을 바짝 당겨서 발가락과 발 바깥날이 몸쪽을 향하게 합니다. 양손으로 발날 또는 다리를 잡고 꼬리뼈를 뒤로 보내고 가슴을 앞으로 내밀어봅니다. 어깨에는 힘을 빼고 등이 굽혀지지 않도록 상체를 길게 내밀어요. 턱을 높이 들고 목에 긴장을 풀고 호흡합니다. 앞으로 숙이려 할 때 등이 너무 구부정하게 된다면 차라리 몸을 앞으로 내미는 자세를 먼저 연습해보세요.

엉덩이와 등이 만나는 부분과 다리 뒷면이 부드러워지면 아랫배부터 차례로 상체를 숙입니다. 배와 허벅지, 가슴과 무릎, 정강이와 얼굴이 만나도록 하는 게 정석이지만(제가 배운 방식의 행법이지만, 다른 요가 전통에서는 등을 둥그렇게 말아서 머리를 무릎에 닿도록 수련하는 경우도 있습니다) 자세보다 몸의 느낌에 더 집중해봅니다. 양손은 그대로 발날을 잡은 채 유지하거나 뻗어서 발 앞에서 합장, 깍지 또는 한쪽 손목을 잡아봅니다.

덧붙여 우르드바 무카 파스치모타나 아사나는 엉덩이로 균형을 잡고 또는 등을 대고 누워서 하는 파스치모타나 아사나입니다. 어떤 상황에서도 내 마음의 중심을 찾으라는 듯이, 다양한 자세에서 할 수 있는 참 괜찮은 아사나입니다. 깊게 호흡하면서 하체에 흐르는 힘과 땅에 닿는 감각을 느껴보세요. 등과 어깨, 목은 지나치게 긴장하지 않도록 합니다.

'그래. 내가 화가 많이 났구나. 괜찮아.' 스스로에게 말을 걸면서 첫 번째, 열 번째, 스무 번째 숨에 마음이 돌아오는지 살펴봅니다.

- 이미지 : 라벤더 향
- 경험 : 하체에 지그시 힘을 주고 등과 어깨, 목을 편안하게 한다. 눈을 감고 오래 호흡한다.
- 명상 포인트 : 마음의 중심 찾기

사상가° 아사나Sasangasana

(°사상가=토끼)

: 토끼 자세

사상가 아사나 1

사상가 아사나 2

귀여움이 세상을 구한다는 말이 있죠. 어디서 비롯된 말인지는 모르겠지만 격하게 공감합니다. 토끼에 대해 생각해보면 채식 동물이고 무리 생활을 하고 달에 살고(?) 귀가 크다는 특징 등 여러 가지가 있지만, 뭐니 뭐니 해도 '귀엽다'는 게 가장 먼저 떠오릅니다. 귀여운 동물 영상을 보면 저절로 얼굴에 미소가 번지는 것처럼, 눈을 감고 사상가 아사나를 하면 이완되는 몸을 따라 마음도 한결 부드러워지는 것 같습니다.

저는 이 자세에 '두통약'이라는 별명을 하나 더 붙이고 싶네요. 사상가 아사나를 하면 정수리와 척추가 자극되며 머리가 맑아지니까요. 그래서 고민이 많거나 피로할 때 좋은 아사나예요. 또한 머리서기를 하기 전이나 후에, 깊은 후굴을 한 다음에 하면 목과 등의 긴장을 푸는 데 큰 도움이 됩니다. 단, 두통이 심하거나 어지럼증이 있을 때는 발라 아사나(아기 자세)로 쉬는 것이 더 좋습니다. 그리고 머리를 바닥에 대는 모든 동작에서는 자세를 취하거나 풀 때 항상 조심스럽게 움직이는 게 좋아요.

자세에는 두 가지 버전이 있어요. 직접 해보면 차이점을 알 수 있습니다. 첫 번째 자세는 양손으로 각각 발뒤꿈치 또는 발목을 잡은 채 이마와 무릎을 가깝게 하고 둥근 토끼 등처럼 몸을 말아서 어깨와 등을 이완시켜줍니다. 두 번째 자세는 양손을 등 뒤에서 잡고 기다란 토끼 귀처럼 팔을 들어 올리는 동작으로, 머리의 혈액순환을 돕고 목과 팔에 쌓인 스트레스를 풀어줍니다. 두 자세 모두 발등이 바닥에 닿아 있게 합니다.

저는 두 번째 자세를 더 자주 해요. 팔이 이완되고 머리가 더 깊이 자극되어 두피 마사지를 받는 기분이거든요. 우선 무릎을 굽히고 웅크려 엎드린 자세를 취합니다. 이마를 편히 내려놓고 등 뒤에서 양손을 깍지 껴서 잡아 손바닥을 밀착해요. 마시는 숨에 엉덩이를 들고 동시에 팔을 머리 너머로 멀리 보냅니다. 내쉬는 숨에 어깨 긴장을 조금 풀고 정수리 부근을 매트에 지그시 눌러요.

사상가 아사나는 수업시간에 많은 사람들이 선호하는 자세입니다. 머리의 지끈거림이나 어깨가 뻐근한 증상이 개선되고, 얼굴의 부기가 빠졌다는 증언들이 잇따릅니다. 그러나 처음 해보면 머리가 눌리는 낯선 느낌에 놀랄 수도 있어요. 반복해서 수련하다 보면 동작을 할 때의 통증은 점차 줄어듭니다. 또 두 번째 자세에서 팔이 잘 올라가지 않거나 뒤로 손깍지를 하는 게 힘든 분들도 있어요. 그럴 때는 혹시 목이나 어깨에 다른 이상이 없는지 점검해보는 게 좋습니다.

지친 하루 끝에 셀프 두피 마사지, 나에게 토끼 자세를 선물합니다.

- 이미지: 토끼, 두통약
- 경험: 두 가지 버전을 다 해본다. 첫 번째는 척추가 더 자극되고, 두 번째는 머리와 팔, 어깨 관절이 더 강하게 자극된다. 힘을 빼고 쉬어가는 느낌으로 한다.
- 명상 포인트: 귀여움, 힐링

할라° 아사나Halasana

(°할라=쟁기)

: 쟁기 자세

뒷목과 등에 쌓인 스트레스를 풀어주고 '꿀잠'을 잘 수 있도록 도와주는 쟁기 자세입니다. 또 장에 가스를 제거하고 변비에 효과가 있습니다. 살람바 사르반가 아사나(어깨서기. 186쪽)와 비슷한 이점이 있기에 어깨서기가 어렵다면 쟁기 자세를 추천합니다. 혹은 쟁기 자세에서 발이 바닥에 닿지 않는 경우, 반대로 어깨서기를 수련하거나 아도무카 스바나 아사나(다운독), 파스치모타나 아사나 등의 전굴 자세를 통해 허벅지 햄스트링과 하체 뒷면을 충분히 펴줍니다.

쟁기는 땅을 경작하는 도구죠. 그래서 땅과 흙을 떠올리게 합니다. 신기하게도 '땅'이라고 하면 단단한 느낌이 드는 반면에 '흙'이라고 하면 부드럽고 촉촉한 감촉이 생각나죠. 제가 요가 수업을 통해 추구하는 것이 '부드럽고 단단한' 몸입니다. 언뜻 상반되는 표현 같지만 땅의 이러한 속성에 빗대어볼 수 있겠네요. 땅과 흙은 편안함, 휴식, 치유라는 단어와도 퍽 잘 어울립니다. 단순 명료한 이름처럼 이 자세는 애를 쓰기보다는 휴식을 취하겠다는 마음가짐으로 하는 게 좋아요.

등을 대고 누워 두 다리를 나란히 모아줍니다. 양팔은 몸의 옆선에 붙여 손으로 바닥을 짚어요. 발바닥을 천장을 향해 들어 올리고 숨을 들이마셨다가 내쉬면서 두 다리를 동시에 머리 너머로 넘겨서 발끝을 바닥에 내려놓습니다. 양손은 그대로 바닥에 두거나 팔을 굽혀 등을 받쳐 세워도 괜찮고, 가능하면 손깍지를 껴서 손바닥을 밀착하고 쭉 펴 놓아요. 어깨를 조금 안으로 모아서 어깨와 팔로 바닥을 눌러서 목에 부담을 덜어줍니다. 상체를 거꾸로 세워서 쇄골이 턱에 가까이 닿게 만들어요. 그리고 발끝을 당겨서 다리 뒷면의 햄스트링이 충분히 이완될 수 있게 합니다.

여기서 엉덩뼈를 높이 올리고 등을 곧게 펴서 유지하는 방법이 있고, 발을 가능한 만큼 멀리 보내서 꼬리뼈를 안으로 모아 등을 둥글게 만드는 방법이 있습니다. 전자는 어깨서기로 연결하여 몸을 바르게 펴는 데 도움이 되고 후자는 등에 쌓인 피로를 풀고 카르나피다 아사나(할라 아사나에서 무릎을 굽혀서 양쪽 귀 옆에 대는 자세) 등의 변형 자세를 하는 데 유리합니다. 두 가지 자세를 다 해보면서 척추의 느낌을 살펴봅니다.

잠이 오지 않는 날, 어깨가 무겁게 느껴지는 날에 쟁기 자세를 합니다. 오래 앉아 있거나 서 있던 내 몸이 편안히 쉴 수 있도록, 순환이 원활해져서 숙면을 취할 수 있는 조건을 만들어줍니다.

♣ 이미지: 생기, 땅, 흙

♣ 경험: 어깨와 팔에 은근히 힘을 주어 뒷목에 긴장을 덜어준다. 발끝을 당겨서 다리 뒤쪽이 이완되게 하고 편안한 마음으로 척추의 느낌에 집중한다.

♣ 명상 포인트: 휴식, 꿀잠을 위한 준비

파다° 하스타° 아사나Padahastasana

(°파다=발, °하스타=손)

: 손 위에 발 올리기 자세

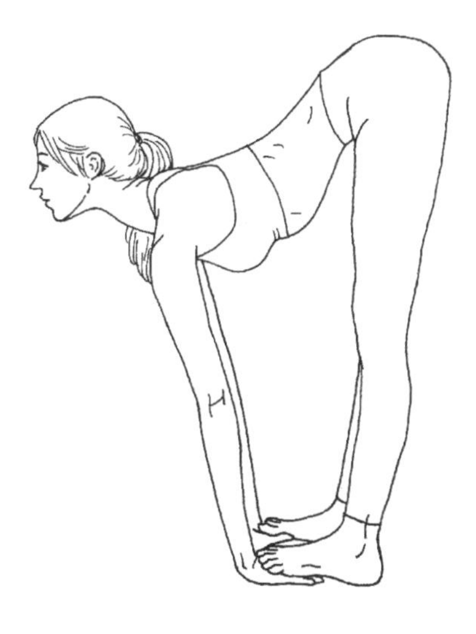

준비 자세

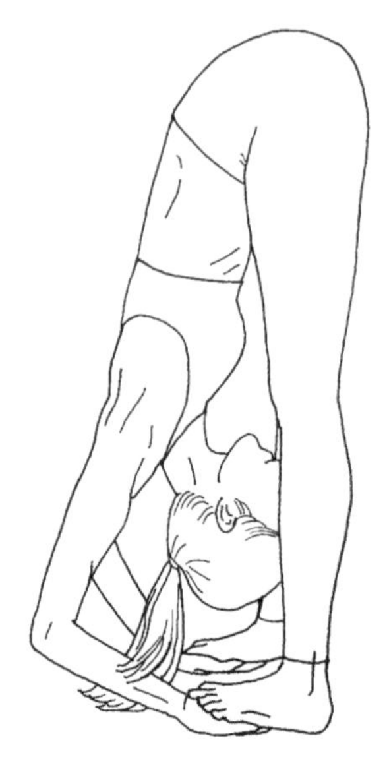

파다 하스타 아사나

서서 하는 전굴 자세 중 하나로 요가 수련을 '마무리' 하기에 좋은 동작입니다. 그런데 이 자세를 보면 수영이나 달리기를 하기 전에 '출발선상'에 위치한 사람의 모습이 겹쳐집니다. 다른 선수들을 좌우에 두고 물에 뛰어들기 직전 또는 달려 나가기 직전 그 찰나의 시간은 얼마나 떨리는 순간일까요. 심호흡을 하고 정면을 응시하는 눈, 핏줄이 선 근육, 강인한 손끝에 담겨 있는 긴장감이 보고 있는 사람에게도 고스란히 전해지는 듯합니다.

파다 하스타 아사나는 자세와 의식이 모두 내면을 향합니다. 중력을 이용하여 몸의 뒷면을 부드럽게 이완시키고, 내쉬는 숨을 따라 마음을 한 움큼씩 덜어놓습니다.

발과 발을 골반 너비 정도로 열고 서서 양손은 가슴 앞에 또는 머리 위에 합장합니다. 숨을 깊게 들이마시고 내쉬면서 상체를 앞으로 굽혀 팔을 내리고 손끝이 몸을 향하게 돌려서 손바닥과 발바닥이 만나도록 손을 하나씩 발밑에 넣습니다. 엄지와 검지 발가락이 손목에 닿게 깊이 넣어서 발가락과 발 전체로 손을 꾹 누르고 숨을 마시며 고개를 들어 정면을 봅니다. 상체가 길어질 것처럼 앞으로 내밀고 두 다리는 기둥처럼 단단하게, 팔은 팽팽하게 만들어요.

이제 숨을 내쉬면서 팔을 굽히며 상체를 다리 방향으로 끌어당깁니다. 팔꿈치를 활짝 열고 어깨는 부드럽게 합니다. 근육의 힘을 폭발시키는 대신, 몸 안에 흐르도록 내버려둡니다. 발가락에서부터 종아리, 허벅지, 엉덩이 근육을 지나 등과 허리, 목, 팔과 손끝에서 다시 발바닥으로 이어지는 선순환을 통해 몸의 후면이 점차 이완되는 것을 지켜봅니다.

파다 하스타 아사나는 몸 뒷면을 편안하게 할 뿐만 아니라, 손을 발로 눌러서 팔과 손목에 쌓인 스트레스도 풀어준다는 점이 큰 장점입니다.

적절한 긴장감과 스트레스는 생존과 발전에 도움을 주지만 과하면 신경과민과 만성통증을 유발할 수 있죠. 항상 출발선상에 선 것처럼 긴장하고 있지 않은지, 그게 나를 해치고 있지는 않은지 돌아보게 됩니다.

- 이미지: 출발선에 선 사람
- 경험: 손바닥을 발바닥 전체로 꾹 누르고 내쉬는 숨에 상체를 다리에 가깝게 숙인다. 다리는 안정감 있게, 상체는 비교적 부드럽게 하며 호흡과 함께 몸 후면의 긴장을 풀어준다.
- 명상 포인트: 이완, 긴장감 덜어내기

파드마° 아사나Padmasana, 아르다° 받다° 파드마 파스치모타나° 아사나

Ardhabaddhapadmapaschimottanasana

(°파드마=연꽃, °아르다=반, °받다=고정되다, °파스치모타나: 파스치마=몸의 뒷면+우타나=강하게 뻗다)

: 연꽃 자세, 결가부좌

파드마 아사나

상체 숙이기 전의 아르다 받다 파드마 파스치모타나 아사나

연잎이 비에 젖은 모습을 본 적이 있나요. 어릴 적에 처음 본 연꽃은, 꽃도 아름답지만 투명한 빗방울이 동글동글 춤추듯 미끄러지며 연잎 위를 굴러다니는 모습이 퍽 인상적이었습니다. 연꽃은 참 신비로워요. 흙탕물에서 피어나면서 찬란하게 고운 자태를 자랑하는 것은 물론, 물을 정화하기까지 하죠. 세상이 힘겹게 느껴질 때면 연꽃을 생각해 봅니다. 사람이 꽃을 닮을 수 있다면 연꽃이면 좋겠어요.

이름부터 우아한 연꽃 자세는 명상하기에 좋은 좌법입니다. 약 5천 년 전의 시바(파괴의 신) 신상이 바로 이 파드마 아사나를 한 모양으로 발견되었죠. 요가의 역사만큼이나 오래된 아사나 중 하나입니다. 아사나를 '좌법'이라고 부르기도 하는데 그중에서도 가장 대표적인 '앉는 자세'가 연꽃 자세입니다.

저는 요가 아사나를 본격적으로 수련하기 전에 명상을 조금 했습니다. 여러 번 1~2주 집중 수행을 떠나 내리 세 시간을 꼼짝 않고 앉아 있기도 했습니다. 몸을 움직이면 집중이 흐트러질까 봐 발 위치를 바꾸지 않고 한 적도 있어요. 하지만 한쪽으로만 자세를 유지하는 건 불균형을 초래할 수 있으니 주의할 필요가 있습니다.

연꽃 자세를 하면 거친 바닥에서 명상할 때 발목을 허벅지 위에 올리기에 발목을 보호할 수 있습니다. 몇 년 전 캄보디아 앙코르와트에서 혼자 여행을 하면서 한적한 장소에서 좌선을 한 적이 있습니다(지금 생각해보면 무지 용감했네요). 따로 바닥에 깔고 앉을 것이 없었고 여름이라 옷도 얇은 상태였는데, 연꽃 자세를 하고 앉은 덕에 맨발임에도 발이 아프지 않았습니다. 또한 이 자세는 다리 모양 때문인지 다른 앉는 모양에 비해 등이 저절로 펴지는 효과가 있어요. 몸의 앞뒤 치우침이 덜 하기 때문에 편안하게 느껴집니다.

발목이 꺾이지 않도록 발을 다리 위에 충분히 깊게 올려놓는 게 좋아요. 그리고 부상을 막기 위해 무릎이 아닌 고관절을 움직여서 무릎이 아래로 향하게 합니다.

고관절이 충분히 풀리지 않아서 파드마 아사나가 아직 어렵다면 앉아서 한쪽 다리를 펴고 한 다리만 굽혀 발목을 깊숙이 올려 상체를 숙이는 '아르다 받다 파드마 파스치모타나 아사나'를 먼저 연습합니다.

'파스치모타나 아사나'는 몸의 뒷면을 이완하는 전굴의 기본자세입니다. 즉, 아르다 받다 파드마 파스치모타나 아사나는 한 다리만 파드마 자세로 해서 손으로 발을 잡고 다른 한쪽 다리는 펴서 파스치모타나 아사나처럼 굽히는 동작입니다.

오늘도 연꽃처럼 맑은 파드마 아사나를 해보세요.

- 이미지: 연꽃, 흙탕물 정화, 고결하고 맑음, 우아함
- 경험: 오른발을 먼저 올렸다면 그다음에는 왼발을 같은 시간만큼 올려 골반과 고관절의 균형을 맞춘다.
- 명상 포인트: 집중력, 섬세함, 고요함

고°무카° 아사나 Gomukhasana

(°고=암소, °무카=얼굴/입)

: 소머리 자세

고무카 아사나 정면에서 본 모습

고무카 아사나에서 팔을 뒤로 당긴 모습

건강에 문제가 생기면 의사 선생님께 조언을 구하듯, 몸이 어딘가 뻣뻣하게 느껴질 때면 저는 꼭 고무카 아사나를 합니다. 어깨, 고관절, 골반의 유연성을 측정하고 좌우 동작을 비교해서 몸의 불균형을 찾아 교정하게끔 도와주기 때문입니다.

사실 호불호가 좀 갈리는 아사나예요. 처음부터 편안하게 되는 사람도 있지만, 대개는 한쪽 손이 잡히지 않거나 무릎이 겹쳐지지 않아서 답답하게 느껴질 수 있어요. 하지만 하고 나면 팔, 어깨, 허벅지 바깥면이 개운해진다는 것은 분명합니다.

하타요가의 기본 경전인 《하타요가 프라디피카》에 의하면 소머리 자세는 원래 그림처럼 상체를 세운 자세이지만, 현대에 들어서 앞으로 숙인 자세로 널리 알려지고 있습니다. 정면에서 보면 소머리 모양과 닮아서 이 이름이 붙여졌습니다.

무릎을 위아래로 최대한 겹치고 양쪽 엉덩이를 바닥에 '뿌리를 내리듯' 눌러 앉습니다. 왼 무릎이 먼저 위에 올라갔다면 왼 어깨를 뒤로 살짝 열어서 팔을 굽혀 손등이 등에 닿도록 합니다. 오른팔을 들어 올려 팔꿈치가 위를 향하게 굽혀 오른 손바닥이 목 아래에 닿게 합니다. 가능하면 양손을 맞잡고 등과 허리를 바르게 펴봅니다(팔 동작이 힘들다면 그냥 양손으로 각 발목을 잡거나 등 뒤에서 반대쪽 팔꿈치를 잡고 합니다).

고개가 숙여지거나 옆으로 틀어지지 않도록 가슴을 열고 턱 끝을 조금 당긴 채 눈을 감고 호흡합니다. 불편함이 가라앉고 숨이 고요해질 때까지 그대로 유지하거나 상체를 앞으로 숙여 편안히 힘을 빼고 두 다리는 가운데로 지그시 모아줍니다. 마치 상체의 무게로 다리를 마사지하듯이 얹어두어요. 이때 양쪽 엉덩이가 바닥에서 뜨지 않도록 합니다(무릎이 위아래로 겹쳐지지 않는다면 아래쪽 다리는 앞으로 쭉 펴고 한쪽 무릎만 위로 올리는 방법으로 연습해봅니다).

양손을 맞잡는 게 익숙해지면 손등을 등에서 살짝 떨어트려봅니다. 그리고 뒤로 잡아당겨보면 어깨랑 팔이 세상 시원해집니다. 개인적으로 오랫동안 앉아서 작업을 하거나 상체를 구부정하게 하고 있던 날 중간에 이렇게 팔 동작을 해보면 어깨랑 팔, 뒷목의 피로가 탁 풀리는 느낌이 들어요.

소머리 자세를 통해 스스로 몸을 교정해봅니다. 불균형에는 여러 가지 원인이 있고, 저마다의 생활 습관이 연관되어 있기 때문에 단번에 바뀌지는 않을 거예요. 그래도 그걸 '알아차리는' 과정에서 조금 더 내 몸에 집중하게 되고 자신을 돌보게 됩니다. 그것만으로도 큰 수확이라고 생각해요.

- 이미지: 소머리, 의사 선생님
- 경험: 올라간 무릎과 반대편의 팔이 위로 향하게 한다. 허리부터 바르게 펴고 어깨를 열어 고개를 바르게 하고 두 다리는 안으로 모아준다. 상체를 숙여도 좋고, 상체를 편 채 손등을 등에서 떨어트려 뒤로 당기는 스트레칭을 해본다.
- 명상 포인트: 불균형을 알아차리기

마리챠° 아사나 Marichyasana

(°마리치=옛 현인의 이름)

: 현인 마리치 자세

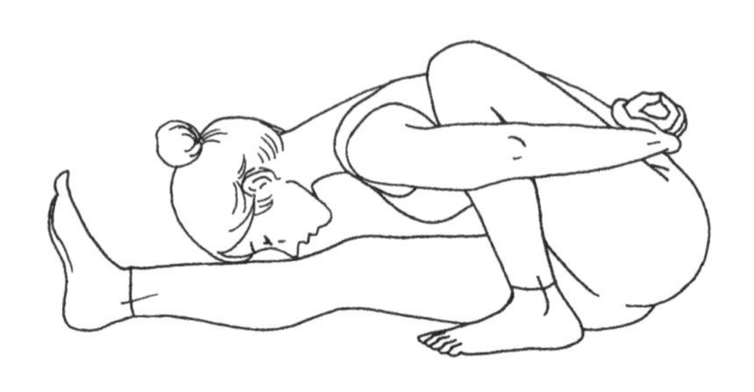

마리챠 아사나 1번

마리챠 아사나 2번

마리챠 아사나 3번

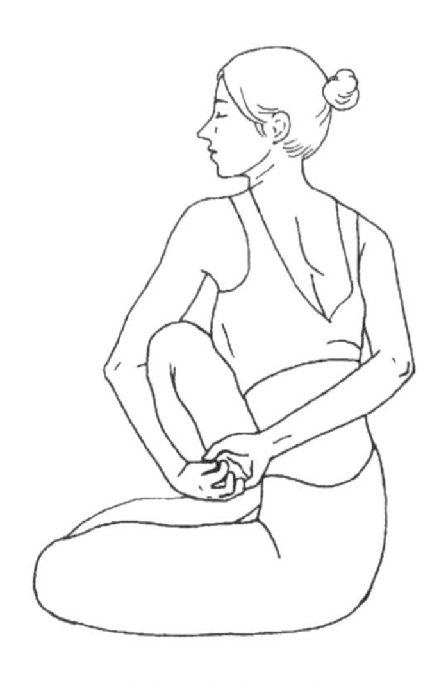

마리챠 아사나 4번

몸을 작게 웅크리거나 비틀어서 힘을 응축하는 듯한 느낌을 주는 마리챠 아사나입니다. 삼각 자세나 전사 자세처럼 팔다리를 펼쳐서 에너지가 확장되는 종류의 동작과는 확실히 다른 매력이 있습니다.

'마리치'는 옛 현인의 이름으로, 인도 신화에 나오는 주요한 세 명의 신 중 창조의 신 브라흐마의 아들이라고도 합니다. 현인의 이름이 들어간 자세는 대체로 어려운 경향이 있는데요(갈라바 아사나, 파리푸르나 마첸드라 아사나 등). 타고난 몸의 한계를 시험해볼 수 있고 단기간이 아닌 꾸준한 수련으로 조금씩 향상되는 재미를 얻을 수 있는 동작들입니다. 한편 신의 이름이 들어간 자세는 대개 인체의 균형이 잘 잡혀 있고 어딘가 명상적이며 아름답게 느껴집니다(나타라자 아사나, 하누만 아사나 등). 제 개인적인 생각이에요.

마리챠 아사나는 한마디로 팔과 어깨, 흉추와 늑골, 골반과 고관절의 유연성 그리고 약간의 악력(손 맞잡기)이 요구되는 자세입니다. 호흡하며 자세를 유지하고 있으면 마음이 저절로 경건해지는 것 같아요. 게다가 '창조신의 아들'이라는 이름 덕분에 창조-유지-파괴로 이어지는 세상의 흐름과 만물의 생멸에 대해 생각하게 됩니다. 꽃이 지고 씨앗이 퍼져 다른 꽃으로 피어나는 것, 촛불이 다른 촛불로 옮겨가는 것 등에 대해서요.

마리챠 아사나는 1, 2, 3, 4번(또는 A, B, C, D)이 있고 난이도 또한 비슷한 순서라서 차례대로 접근하는 게 좋습니다. 1, 2번 자세는 전굴이고 3, 4번 동작은 비틀기입니다.

1, 2번 전굴의 경우 목이나 등을 지나치게 긴장하지 말고 상체 전체를 앞으로 숙이며, 뒤로 손을 맞잡고 있는 어깨도 함께 기울이는 것이 포인트입니다. 한편 3, 4번 비틀

기 자세에서는 상체를 최대한 바로 펴고 어깨를 뒤로 열어야 해요.

저는 등을 둥글게 만드는 게 어려운 체형이라 마리챠아사나 1, 2번을 처음 접했을 때 되게 당황스러웠습니다. 세운 다리를 안고 등 뒤에서 손을 잡는 것도 힘든데 거기서 상체를 숙이려니 마치 문고리에 가방이 걸려 앞으로 나아갈 수 없는 사람처럼 허우적대는 기분이었습니다. 하지만 몸풀기로 어깨와 고관절을 여는 동작들을 매일 하다 보니 차츰 이 자세가 몸에 익으며 그 매력을 알게 되었습니다.

마리챠 아사나 1번은 앉아서 오른 다리를 펴고 왼 무릎을 세워 뒤꿈치를 엉덩이 가까이 당겨오고 발과 다리 사이를 발 너비만큼 떨어트려(또는 나란히 붙여) 놓습니다. 편 다리 안쪽부터 앞꿈치까지 지그시 힘을 주어 다리 뒷면을 매트에 붙이고 다리를 굽힌 쪽 엉덩이를 살짝 바닥에서 띄웁니다. 숨을 들이마시고 내쉬면서 상체를 앞으로 45도 정도 숙여 왼팔로 왼 무릎 앞을 감싸 안고 양손을 등 뒤에서 맞잡습니다(자세에 여유가 있으면 한쪽 손목을 잡아도 됩니다). 고개를 들어 정면을 보고 하체의 안정감이 느껴지면 내쉬는 숨에 상체를 오른 다리 위로 숙입니다. 이때 무릎을 안고 있는 왼쪽 어깨도 같이 앞으로 기울이면서 동시에 왼 다리를 몸의 옆선에 붙여 바깥으로 너무 벌어지지 않도록 합니다.

2번 자세는 다리 모양만 다른데, 왼 다리를 펴고 오른 다리를 굽혀 오른 발목을 왼 허벅지 위로 깊게 당겨서 고관절을 움직여 오른 무릎을 바닥에 내립니다. 그리고 왼 무릎을 세우면서 왼쪽 엉덩이를 조금 띄우고 동작을 합니다. 오른발 뒤꿈치가 배나 옆구리에 닿으면서 눌리기 때문에 발을 다친 사람이라면 2번 대신 1번을 추천합니다. 또한 지탱하는 쪽 무릎이 바닥에 잘 닿지 않는다면 우선 아르다 받다 파드마 파스치모타나 아사나(72쪽)를 자주 해서 골반을 열고 고관절을 부드럽게 하는 게 좋아요.

마리챠 아사나 3번은 엉덩이가 양쪽 다 바닥에 닿는다는 것만 빼고 다리 모양이 1번과 비슷합니다. 4번은 다리 모양은 2번, 팔 모양은 3번과 같습니다. 다만 전굴 대신 비틀기를 합니다. 저는 다른 비틀기 자세를 별문제 없이 하는 편이었음에도 불구하고 3, 4번이 되지 않았습니다. 수년간 다양한 요가 수업을 들었는데 4번이 나온 적은 한 번도 없었고, 3번이 등장했던 건 딱 한 번이었습니다. 마리챠 아사나 1번을 처음 접했을 때보다 더 당혹스러웠습니다. 물론 아예 못했어요. 팔로 무릎 앞을 휘감으며 등 뒤에서 양손을 맞잡아야 하는데 어려웠습니다. 팽팽한 고무줄을 잡았다가 놓으면 앞으로 튕겨나가듯이 뒤에서 맞잡으려 애쓰던 손이 갈 곳을 잃으면서 상체가 비틀기를 거부하고 정면으로 되돌아왔습니다. 그러다 어느 날에 집에서 혼자 수련하고 몇 차례 실패 끝에 해냈습니다. 그렇다고 이 동작을 될 때까지 여러 번 한 것은 아닙니다. 다른 비틀기 자세와 흉추, 팔을 움직이는 자세를 많이 연습했습니다.

3, 4번의 자세는 쉽지 않지만, 하고 나면 어깨의 움직임이 한결 편안하게 느껴집니다. 어깨 관절을 점검한다는 느낌으로 해보면 좋습니다.

경험상 함께하면 도움이 되는 자세로는 아르다 마첸드라 아사나(반 물고기 신 자세. 162쪽), 우탄 프리스타 아사나(도마뱀 자세. 143쪽), 아르다 받다 파드마 파스치모타나 아사나, 고무카 아사나 그리고 파드마 아사나가 있습니다.

창조-유지-파괴의 순으로 변해가는 모든 것 속에서도 변하지 않는 것이 있을지 질문하며, 마리챠 아사나로 나를 작게 웅크려 몸과 마음의 힘을 저장하듯 모아봅니다.

- 이미지: 현인, 창조신의 아들
- 경험: 1, 2, 3, 4번의 순서로 접근한다. 발이나 무릎, 고관절이 불편한 경우 2, 4번보다는 1, 3번을 한다. 다른 도움이 되는 자세를 평소에 함께하면 좋다.
- 명상 포인트: 힘의 응축, 경건한 마음

서서 전굴 자세, 막대기 자세, 아기 자세

#휴식이필요해 #햄스트링쭉쭉

서서 전굴 자세, 막대기 자세, 아기 자세는 각각 우타나 아사나, 단다 아사나, 발라 아사나로 불리기도 합니다. 이때 우타나(Uttana)는 '강하게 쭉 뻗는다', 단다(Danda)는 '막대기', 발라(Bala)는 '아기'라는 뜻입니다.

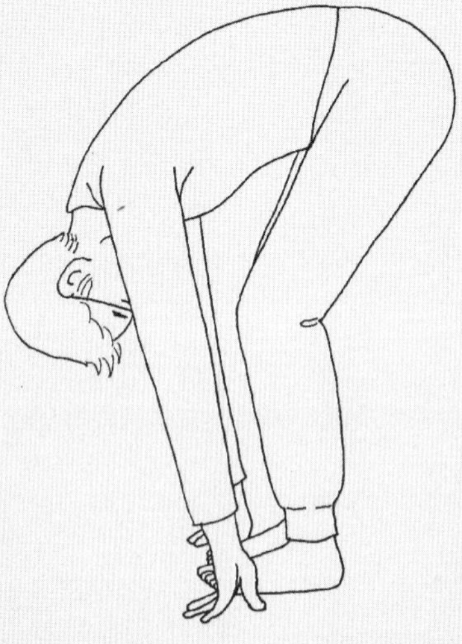

서서 전굴 자세에서 무릎을 조금 굽힌 모습

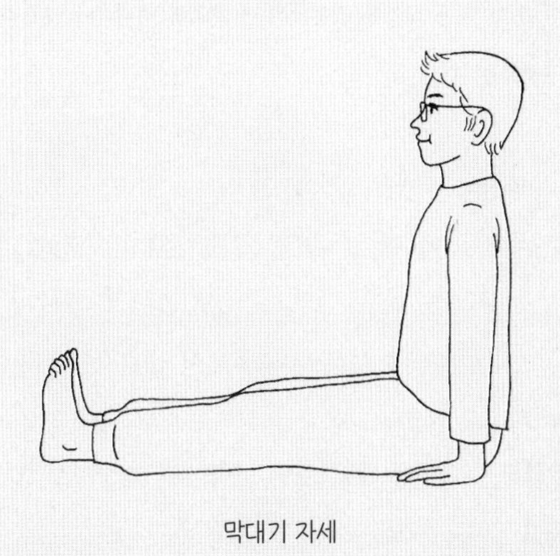

막대기 자세

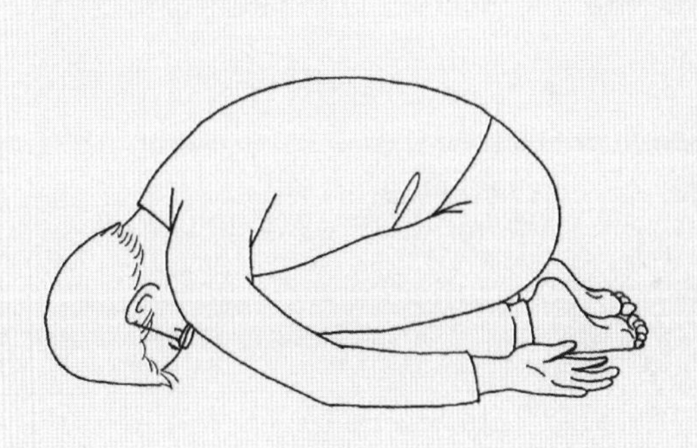

아기 자세

* '일상 요가' 편은 요가를 경험한 주변 분들의 이야기에 상상을 더해 재구성했습니다.

사무실에서 책상, 의자와 세트처럼 지내는 회사원입니다. 주로 보고서를 쓰고 자료를 찾고 보고하고 회의하고 토론하고…. 어제도 오늘도 내일도 앉고 앉고 또 앉아서 생활하죠. 그렇게 10년을 살다 보니 몸에서 약해지는 부분이 나타나더라고요. 하루는 발바닥이 아프기 시작했습니다. 약간 둔감한 스타일인 저는 그냥 타박상인 줄 알았는데 나중에 알고 보니 병명이 족저근막염(발바닥 근육을 감싸고 있는 막에 생긴 염증)이라고 하더군요. 치료를 위해 한의원에 몇 번 갔는데 엄청 아픈 약침을 놓아주었습니다. 한동안 침을 맞아도 아침마다 통증이 발생했어요. 어느 날 족저근막염의 원인이 발바닥과 연결된 종아리 근육이 짧아져서 그렇다는 걸 알게 되었습니다.

그 이후 저는 집에서 다리 뒤쪽을 늘이는 동작을 자주 합니다. 서서 양손을 발 옆에 짚으면 되는데 전 안됩니다. 그래서 원래는 무릎을 쫙 펴야 되는데 뒤가 당겨서 우스운 모양이 나오지만 그래도 시원합니다. 종아리와 허벅지 뒤가 조금씩 늘어나는 게 느껴집니다.

특히 TV 볼 때는 앉아서 다리를 쫙 펴고 등을 꼿꼿이 세우는 막대기 자세를 하면 좋습니다. 그냥 기본적인 자세 아니냐고 생각하실 수도 있지만 저처럼 다리 뒤쪽 근육이 짧은 사람에게는 몸을 정상으로 되돌리는 데 아주 요긴한 운동인 것 같아요. 회사에서도 가끔씩 발 앞쪽을 당기는 스트레칭을 합니다. 덕분에 요즘엔 족저근막염 증세가 거의 없어졌습니다. 다행이죠.

아침에 해가 뜨기 전부터 일어나서 출근했다가 정신없이 일을 하고 사람들이 빽빽한 지하철을 타고 퇴근해서 집에 오면 떡실신 직전인데요. 하루 종일 긴장의 연속이었던 제 몸에 긴장감을 낮춰주고 편안함을 채워주는 자세가 아기 자세예요.

저는 엉덩이가 떠 있어서 그런지 얼굴에 피가 쏠리긴 하는데 그래도 하고 나면 무거운 머리가 조금 가벼워지는 것 같아요. 아기 자세를 하는 동안에는 스트레스 받은 생각은 지우고 바다 앞에 혹은 산속에 혼자 편안하게 있는 모습을 떠올려요.

세상 모든 직장인들 힘내시고 건강하세요. 그럼 저는 점심 커피 한 잔 마시러 이만.

* Special thanks to 남편

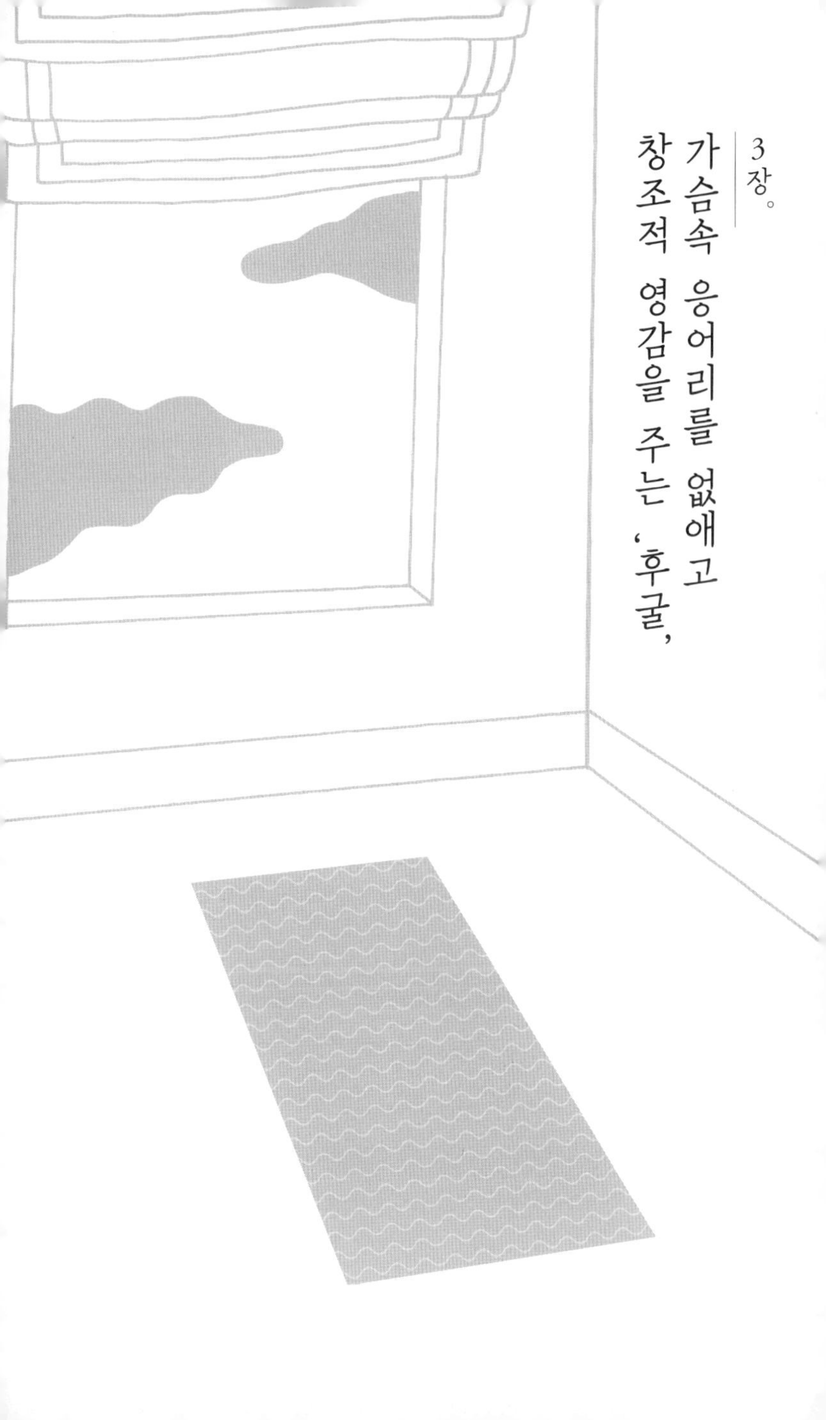

3장。 가슴속 응어리를 없애고 창조적 영감을 주는 '후굴'

마츠야° 아사나Matsyasana, 우타나° 파다° 아사나Uttanapadasana

(°마츠야=물고기, °우타나=강하게 뻗다, °파다=발)

: 물고기 자세

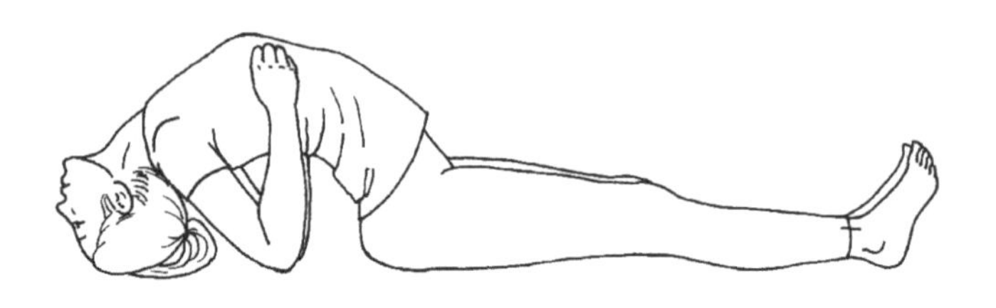

마츠야 아사나

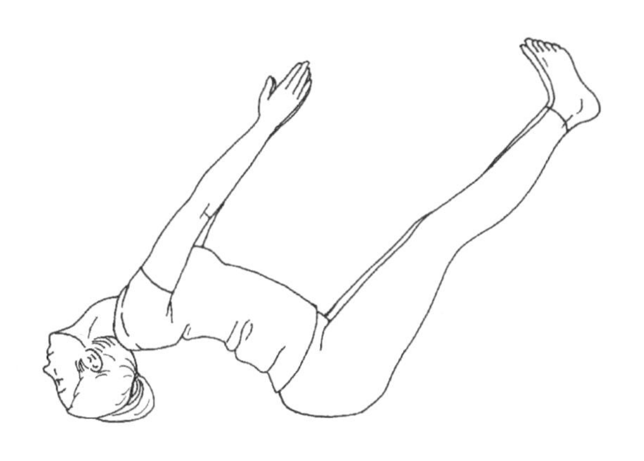

우타나 파다 아사나

물고기 자세는 물을 떠올리게 합니다. 바다나 강에 흐르는 물을 한참 보고 있으면 머릿속 어지러운 생각 찌꺼기 일부분이 함께 떠내려가는 듯한 인상을 받습니다.

저는 오래전부터 여러 감정 중에서 우울함을 표면화시키지 않으려 애썼습니다. 참 이상한 일입니다. 즐거움, 분노, 설렘, 지루함 등의 감정은 받아들이기 쉬운 반면에 우울하다거나 울적하다거나 하는 감정은 왠지 인정해버리면 안 될 것 같았어요. 그럼 제가 되게 나약하고 한심한 존재가 된 것 같아서요.

그럴 때마다 제 의식은 스스로를 꾸짖듯, 가능하면 나

쁜 예를 물어오기 바빴습니다. 그래도 저 비극적 소설의 주인공보다는, 저 뉴스에 나온 사람보다는, 저 불치병에 걸린 사람보다는, 저 거리에 나앉은 사람보다는, 저 혈혈단신인 사람보다는 '나는 (상대적으로) 우울하지 않다. 아니, 우울해서는 안 된다'라고요.

하지만 그런다고 기분이 나아지는 건 아니었습니다. 이런 식의 극단적이고 일차원적인 저울질은 나와 남을 모두 기만하는 행위에 불과한 것이었으니까요. 어려운 환경이나 상황에 놓인 사람이라도 행복할 수 있고, 모든 걸 다 가진 듯 보이는 사람도 불행하고 우울할 수 있습니다. 감정은 무게를 잴 수 있는 것이 아니잖아요. 누가 누구보다 덜 우울해야 한다고 누구도 말할 수 없는 일입니다.

나약하고 한심하게 느껴지면 뭐 어떻다고…. 사는 게 정말 쉽지 않을 때조차도 저는 스스로를 다그쳐온 것 같습니다.

울적할 때 마츠야 아사나를 하면서 감정을 받아들입니다. 대부분의 후굴 동작이 우울감을 완화하는 효과가 있는데 저는 그중에서도 물고기 자세를 추천합니다. 숨을 쉬기가 편안하고 정수리를 바닥에 대고 있으면 머리가 시원하거든요.

우선 바닥에 등을 대고 누운 채 두 다리를 펴서 나란히 모으고 양팔을 등 뒤, 양손은 엉덩이 아래에 놓고 손바닥으로 매트를 짚거나, 그냥 양팔을 몸 옆면에 붙여서 팔꿈치를 90도로 굽혀 가볍게 쥔 두 주먹을 허공에 들어 올립니다. 팔꿈치로 바닥을 밀어 흉추를 최대한 높이 들어 올리고 고개를 완전히 뒤로 젖혀 정수리를 천천히 바닥에 내립니다.

다리는 그대로 쭉 뻗은 채 두거나 파드마 아사나(결가부좌)를 하거나 또는 무릎을 펴서 위로 들어 올리는 우타나 파다 아사나를 해봅니다. 다리를 올렸다면 팔도 같은 방향으로 뻗어요. 마츠야 아사나에서 다리를 드는 우타나 파다 아사나가 힘들다면 파리푸르나 나바 아사나(보트 자세. 224쪽)를 수련해보세요. 저도 기본 마츠야 아사나에서 다리를 들어 올려서 무릎을 펴기는커녕 발을 바닥에서 조금 띄우는 것마저 어려웠는데, 보트 자세를 자주 하던 중에 오랜만에 문득 시도해보았는데 성공했습니다.

이제 눈을 감고 호흡을 시작합니다. 위로 솟은 심장으로, 횡격막으로, 날개뼈 사이로, 매트에 닿은 정수리로, 편하게 감은 눈으로, 온몸으로 숨을 들이마시고 내쉽니다.

감정도 사실 물처럼 흐르는 게 아닐까요. 그래서 억누른다고 억눌리는 것이 아니라 고여서 상해버리는 것이 아닌가 해요. 막아서지도 나무라지도 돌아서지도 않고 내 마음이 지금 그렇다는 걸 인정하는 순간, 희한하게도 그걸 흘려보낼 수 있을 것 같습니다.

깊은숨을 타고 물이 흐르는 것처럼 눈물과 우울을 흘려보내요.

⚘ 이미지: 물고기, 물

⚘ 경험: 팔꿈치로 바닥을 밀어 흉추를 최대한 위로 들어 올리고 고개를 뒤로 젖혀 정수리를 천천히 바닥에 내린다. 눈을 감고 부드럽게 숨 쉰다.

⚘ 명상 포인트: 감정, 흐르다, 흘려보내다

부장가° 아사나 Bhujangasana

(°부장가: 부자=팔/어깨+앙가=팔다리)

: 코브라 자세

부장가 아사나 1

부장가 아사나 2

장시간 구부정하게 앉아 있다가 부장가를 하면 척추를 비롯한 내 몸이 기쁨의 탄성을 지르는 듯한 느낌이 들어요. 마치 척추로 '기지개'를 켠 듯하죠. 또 치골을 자극해서 안쪽 장기를 튼튼하게 해줘 여자, 남자 모두에게 좋습니다. 뭔가 기분이 다운되는 날, 기운이 없는 날 하면 '파워'가 솟는 느낌을 받을 수 있습니다. 한마디로 표현하자면 허물을 벗고 나온 뱀처럼, 구질구질하게 나를 붙잡는 문제들을 떨쳐내고 다시 태어나는 기분이에요.

부장가는 대표적인 후굴 동작입니다. 사람은 누구나 타고난 조건에 따라 더 잘 되거나 어려운 동작들이 있기 마련입니다. 솔직히 저는 후굴 동작들이 대체로 더 수월하게 되는 편이에요. 반면 팔과 어깨의 힘이 많이 필요한 동작이나, 몸을 동그랗게 웅크리는 자세들이 더 편한 분들이 있죠. 다른 사람을 부러워할 필요는 없다고 생각해요. 뭔가를 부러워하다 보면 끝이 없습니다. 요가 동작은 무수하게 많으니까요.

부장가에서 양손을 다 떼는 게 처음부터 된 것은 아닙니다. 요가를 본격적으로 하기 전부터 코브라 자세가 숙면에 좋다는 말을 듣고 습관처럼 잠들기 전에 매일(약 16년 동안) 했거든요. 그 결과 지금은 손을 짚지 않고 하는 게 더 편해졌습니다. 힘을 적절히 쓰기 때문에 아무리 뒤로 젖혀도 허리에 통증 없이 편안합니다. 스트레스를 받거나 무언가 갑갑할 때에도 이 자세를 하면 좀 살 만해졌습니다. 그래서 부장가는 제 영혼의 단짝이자 '최애' 아사나라고 할 수 있어요.

엎드린 자세에서 시작합니다. 두 다리는 나란히 붙이거나(붙일수록 어려움) 골반 너비로 열고 발등을 내려놓습니다. 초심자는 양손을 어깨너비만큼 열어서 얼굴 옆 바닥을 짚고, 여유가 있으면 어깨 옆 또는 가슴 옆을 짚어봅니다.

숨을 들이마시면서 손으로 바닥을 밀어 상체를 일으켜 세웁니다. 팔이 좌우로 벌어지지 않도록 팔꿈치를 뒤로 보내고 팔을 몸의 옆면에 밀착해서 가슴을 팔 사이로 내밀면서 들어 올립니다. 내쉬는 숨마다 어깨를 아래로 낮추면서 뒤에 있는 날개뼈를 모아주고 턱 끝은 당긴 채 유지합니다.

어깨가 충분히 내려가면 고개를 뒤로 젖힙니다. 발등에서부터 엉덩이까지 약간 힘을 줍니다. 이때 엉덩이 근육에 힘을 과하게 주면 발등이 붕 뜰 수 있으므로 그보다는 골반과 치골을 바닥으로 밀어내는 느낌으로 합니다. 척추에 느껴지는 기분 좋은 자극을 온몸과 마음으로 받아들입니다. 기본자세가 잘 되면 양손을 만세 하듯 뻗었다가 가능하면 발목이나 다리를 잡아봅니다.

상체는 공중을 날고 하체는 바닥에 뿌리내린 듯한 상반된 느낌으로, 치골을 바닥에 고정하듯 누르면서 흉추를 하늘로 끌어올립니다. 활짝 열린 가슴을 통해 스트레스를 멀리 날려버리고, 허물을 벗고 다시 태어나듯이 부장가 아사나를 합니다.

- 이미지: 코브라, 허물을 벗고 다시 태어남, 곡선, 척추 기지개
- 경험: 기분이 처지거나 힘이 없는 날 하면 효과적이다. 몸의 상태에 따라 손을 짚는 위치를 달리 해본다.
- 명상 포인트: 창의력, 열린 마음, 해방감

다누° 라 아사나Dhanurasana, 파당구쉬타° 다누라 아사나Padangusthadhanurasana

(°다누=활, °파당구쉬타: 파다=발+앙구쉬타=엄지발가락)

: 활 자세

다누라 아사나

파당구쉬타 다누라 아사나

팽팽하게 당겨진 활을 닮은 자세입니다. 몸 안에 빈 공간이 다이아몬드 모양 같기도 해요. 이 자세를 하기 전에는 위를 비워두는 게 좋습니다. 다누라 아사나는 요가를 하기 전 최소 2~3시간은 꼭 공복을 유지해야 합니다. 왜 그런지는 해보면 바로 알게 됩니다. 배가 인정사정없이 눌리거든요.

활 자세는 여러모로 저항이 많습니다. 일단 척추를 뒤로 젖힌다는 점에서 그렇고, 어깨를 활짝 열어야 한다는 것도, 무겁기 짝이 없는 엉덩이와 다리를 거꾸로 들어 올려야 하고 고개도 들어야 한다는 점 그리고 이 모든 것을 말랑말랑한(?) 배로 지탱해야 한다는 점이 그러합니다. 그래서 처음 해보면 팔다리, 엉덩이의 무게감이 버겁고 배가 눌리고 아파서 무력감이 오기도 합니다.

엎드린 자세로 시작합니다. 무릎을 굽혀서 골반 너비로 열고 엄지발가락(또는 가능하면 발 안쪽날)을 모으고 손으로 발끝, 발 바깥날 또는 여유가 있으면 발목까지 잡아봅니다. 마시는 숨에 팔과 다리를 동시에 들어 올립니다. 마시는 숨에 상체를 조금 더 들어보고 내쉬는 숨에 엉덩이에 힘을 주어 하체를 더 들어 올려보세요.

마치 내가 아닌 다른 사람이 위에서 잡아당기는 것처럼 팔과 다리를 팽팽히 만들어보면 중력의 영향이 약간 줄어드는 것처럼 느껴져요. 힘들어도 고개를 들고 위를 보세요. 내가 보는 쪽으로 몸도 따라 움직일 거예요. 살라바 아사나(메뚜기 자세, 118쪽)와 더불어 엉덩이 근육을 강화하는 대표적인 아사나로, 척추 건강에 도움이 되는 아사나입니다.

다누라 아사나 기본자세가 익숙해지면 발을 잡은 상태에서 어깨를 하나씩 회전하여 손으로 엄지발가락이나 발 바깥날 또는 발목을 잡고, 팔꿈치가 위로 향하고 겨드랑이가 정면을 보게 하여 파당구쉬타 다누라 아사나를 시도해 보세요. 이 변형 동작에서는 어깨의 가동성과 함께 엉덩이와 허벅지 뒤쪽 힘이 더 많이 필요합니다.

당겨졌다가 되돌아오는 활의 모양처럼, 오래오래 탄력을 유지하는 건강한 몸을 만들어요. 그리고 이 아사나의 또 하나의 닮은꼴, 다이아몬드처럼 단단하고 강한 내면을 만들어가요. 저는 단단한 내면이란 주변에 휘둘리지 않고 자신이 가고자 하는 길을 가는 것이라고 생각합니다.

"있는 그대로의 네 모습을 간직하길 바란다.
세상은 너를 바꾸려고 할 거야… 저항해라."

미국에서 1년 교환학생으로 공부하던 고등학교 시절, 가장 존경하고 의지했던 미국문학 선생님께서 제게 써 주신 편지의 한 구절입니다. 제가 이 편지로 힘을 얻었던 것처럼, 마음이 흔들리고 있는 또 다른 누군가에게 도움이 되기를 바라는 마음에 옮겨봅니다.

- 이미지 : 활, 다이아몬드
- 경험 : 공복에 하는 게 좋다. 팔은 팽팽하게, 어깨는 내리고 고개를 들어 위를 본다. 엉덩이와 허벅지 뒤쪽에 힘을 주어 하체를 더 올려본다.
- 명상 포인트 : 내면의 단단함과 외면의 탄력

우스트라° 아사나Ustrasana, 카포타° 아사나Kapotasana

(°우스트라=낙타, °카포타=비둘기)

: 낙타 자세

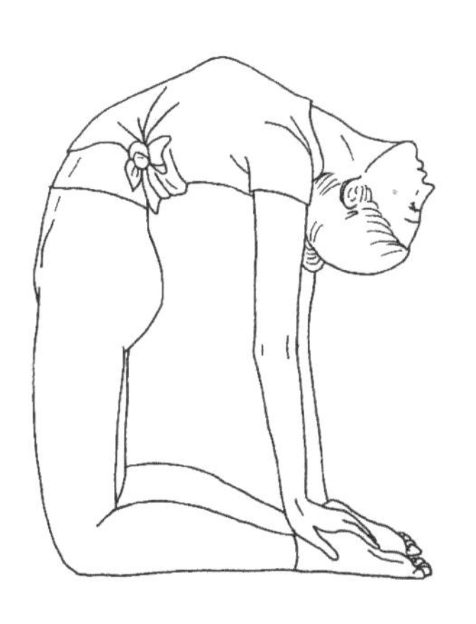

우스트라 아사나

카포타 아사나

낙타 자세입니다. 낙타 특유의 등 모양과 닮았기 때문인가 봅니다. 그런데 저는 이 자세를 할 때 항상 떠오르는 이미지가 있어요. '돛단배'입니다. 가슴을 최대한 부풀린 모습이 순항 중인 돛단배의 모양과 닮았어요(돛단배는 해당 아사나에 대한 제 주관적인 이미지입니다. 흔히 보트 자세로 불리는 '파리푸르나 나바 아사나'와는 전혀 다른 아사나입니다. 224쪽).

흉추를 활짝 열고 어깨를 부드럽게 내리고 고개는 완전히 뒤로 젖혀서 눈을 감아봅니다. 나는 작은 배이고, 매여 있지 않으므로 어디든 갈 수 있습니다.

이 자세를 포털 사이트에서 검색해보면 난이도가 '초

급'이라고 나오는데요. 사실 제대로 하기 정말 쉽지 않은 자세입니다. 저도 우스트라 아사나를 수년간 습관적으로 하면서도 깊게 생각해본 적은 없었습니다. 타고난 허리의 유연성 덕에 낙타 자세를 하는 것에는 문제가 없었지만 오래 유지하거나 더 깊게 '카포타 아사나'로 연결하려고 하면 자주 숨이 턱 막히면서 천골과 허리에 통증이 느껴졌습니다.

그러다 2019년, 우스트라 아사나와 카포타 아사나를 주제로 하는 요가 워크숍을 준비하면서 혼자 집에서 새벽까지 수련하며 허리가 아프지 않은 방법을 집요하게 탐구했습니다.

흔히 골반을 많이 내밀어야 한다고 알려져 있는데, 제 경험상 허벅지는 바닥에서 수직 정도로만 유지하고 엉덩이와 허벅지 뒤쪽에 조이는 힘을 주는 게 훨씬 중요하다는 결론에 이르렀습니다.

무릎으로 서서 몸을 뒤로 젖힐 때 골반을 과도하게 내밀게 되면 아랫배가 나오면서 엉덩이의 힘이 빠지고 요추가 꺾이는 각도가 더 커지기에 요추와 천골에 부담을 줍니다. 엉덩이와 허벅지 뒷면을 수축하는 느낌을 알기 어렵다면 우선 다리와 발을 나란히 모으고 연습해보는 게 좋습니다. 이때 몸을 많이 뒤로 젖히기보다는 가슴을 하늘로 밀어올리며 상체를 길게 늘이는 느낌을 갖는 것이 중요해요.

준비가 되면 무릎과 발등을 골반 너비로 열고 무릎으로 서서 양손은 엄지손가락이 모이도록 허리를 받치고 낙타 자세를 시작합니다. 몸을 젖히기 전에 엉덩이와 넓적다리 뒤쪽을 수축시키고 그 반대쪽인 허벅지 앞면을 늘이면서 상체를 위로 쭉 폅니다. 허리와 장요근을 길게 펴고 천천히 몸을 젖히며 흉추를 열어줍니다. 가능하면 한 손씩 뻗어 발뒤꿈치를 잡고 고개를 뒤로 넘겨 어깨를 열고 목에 힘을 빼고 호흡합니다. 하체의 기반을 견고히 함과 동시에 등의 힘으로 가슴이 상승하는 느낌에 집중해봅니다. 허리나 팔에 기대지 말고 지속해서 숨을 쉬며 흉곽을 부풀립니다.

기본자세에서 편안해지면 손을 떼어 가슴 앞에서 합장했다가 손을 이마 앞으로 가져옵니다. 몇 차례 호흡 후에 양팔을 뻗어 천천히 땅을 짚고 엄지발가락을 모아 가능하면 발바닥에 이마를 대고 양손으로 발날이나 발목(또는 다리)을 잡는 '카포타 아사나'로 넘어갑니다.

결코 쉽지 않은 두 아사나인데요. 천천히 숨을 쉬며 내 몸에 대한 자비심을 가지며 하다 보면 흉추 사이 공간이 넓어지면서 몸속에 잠들어 있던 비밀이 깨어나는 듯한 기분이 들지도 몰라요.

- 이미지: 돛단배, 낙타, 앞면의 부드러움과 뒷면(엉덩이, 등)의 힘
- 경험: 허리를 보호하기 위해 엉덩이와 허벅다리 뒷면을 수축하고 가슴을 최대한 천장을 향해 밀어 올린다. 목은 부드럽게 뒤로 툭 내려놓고 충분히 호흡한다.
- 명상 포인트: 단단함을 기반으로 한 부드러움, 스스로에 대한 자비심

에카° 파다° 라자° 카포타° 아사나Ekapadarajakapotasana

(°에카=하나, °파다=발, °라자=왕, °카포타=비둘기)

: 한 발 왕 비둘기 자세

준비 자세

에카 파다 라자 카포타 아사나

한 발 왕 비둘기 자세입니다. 이 아사나에는 몇 가지 버전이 있는데 여기서는 가장 많이 알려진 자세를 다루었습니다. 편의상 비둘기 자세라고 흔히 부르지만 사실 '카포타 아사나'가 따로 있기 때문에 정확한 명칭은 아니죠.

요즘 도시에서는 '닭둘기'라고 불리는 비둘기이지만 예로부터 서양에선 평화의 상징인 존재입니다. 가슴을 내민 모습이 모이주머니를 부풀린 새와 닮아서 이런 이름이 붙여진 것 같아요. 항상 가슴을 내밀고 있는 우아하고 자유로운 새의 모습을 상상하면 잘 어울립니다. 저는 개인적으로 마치 포식동물처럼 날개에 거친 무늬가 있는 멧비둘기가 떠올라요.

또 이 자세를 하는 사람을 보면 '날개 없는 천사' 같아 보이기도 해요. 날개뼈를 활짝 열고 목도 길게 늘여 뒤로 젖힌 모습이 날아오를 준비가 된 것 같아요. 하지만 날 수 없죠. 손은 발을 붙잡고 있고 발은 이마에 대고 있으니까요. 이 아사나에는 자유와 구속이 동시에 느껴지는 미묘함이 있습니다.

에카 파다 라자 카포타 아사나를 하기에 앞서 준비자세로 앉는 연습을 해봅니다. 하이 플랭크 자세를 했다가 고개를 들어 양손 사이를 보고 한쪽 다리를 접어 손목 뒤에 내려놓고 다른 쪽 다리는 뒤에 쭉 펴서 내려놓아요. 뒤로 편 다리는 발등과 발가락, 허벅지 위쪽까지 지그시 바닥에 눌러요. 앞에 접힌 다리의 발과 무릎은 가능하면 같은 선에 두고(어렵다면 발을 몸쪽으로 더 당기고) 엉덩이를 바닥에 붙여봅니다. 하체에 안정감을 유지하며 양손으로 바닥을 짚거나 다리와 발을 짚고 상체를 일으켜 세워요.

가슴을 열고 어깨에 긴장을 풀어 뒤쪽 아래로 내리고 턱 끝을 조금 당겨 경추를 바르게 합니다. 여기서 몇 차례 호흡하며 집중하거나 책이나 웹툰을 보면서 조금 오래 유지해도 좋습니다. 다리를 반대쪽으로 바꿔서 같은 시간만큼 앉아보고, 양쪽의 자극이 어떻게 다른지, 어느 쪽 골반이 더 뜨고 불편한지, 상체의 기울기가 어떤지 유심히 살펴보면 내 골반과 척추의 균형 상태를 알 수 있습니다. 그런 점에서 '고무카 아사나(소머리 자세)'와 비슷합니다.

오래 앉아 있어서 장요근이 짧아졌거나 엉덩이와 고관절이 뻐근할 때, 월경통이 있을 때 또는 그냥 상태가 별로인 날에는요. 준비 자세에서 상체를 앞으로 숙여서 이마를 바닥에 대고 숨을 깊이 마시고 내쉬어봅니다. 이렇게 숙이는 동작을 '싱글 피존 자세(Single pigeon pose)'라고 합니다. 상체에 힘을 완전히 빼고 뒤로 뻗은 발등과 발가락은 바닥에 잘 눌러서 골반의 균형을 맞춰요. 그러면 긴장된 근육과 관절이 편안해지고 발끝에서부터 이어지는 근막(근육의 겉면을 싸고 있는 막)이 조금씩 부드러워지는 게 느껴질 거예요. 특히 굽힌 쪽 다리의 엉덩이 안쪽과 허벅지 뒤쪽이 시원해집니다.

이상근증후군(22쪽 참고)이 있었던 저에겐 그야말로 가려운 곳을 긁어주는 자세라고 할 수 있어요.

이제 상체를 다시 세워서 손으로 바닥을 짚고 가슴을 높이 들어 올리며 고개를 뒤로 젖혀봅니다. 머리를 젖힌 상태에서 어깨가 올라가지 않게 하며 천천히 호흡해요. 준비 자세에서 낯선 다리 모양에 적응하면서 팔에 기대지 않고 상체를 세워 유지하는 힘이 생기면 완성 자세를 해봅니다.

뒤에 편 다리의 무릎을 굽혀 발끝이 천장을 향하게 한 뒤, 왼손으로 먼저 발 안쪽날을 잡아봅니다. 그대로 상체를 다시 정면으로 돌려서 유지하는 것이 편안하다면, 손을 풀고 엄지가 위로 향하도록(엄지척하듯이) 어깨를 뒤로 회전시켜 이번에는 발의 바깥날(어깨가 충분히 열리지 않으면 힘듦)을 잡아요. 발을 잡은 채로 팔꿈치가 위로 향하도록 어깨를 돌려 겨드랑이와 상체가 정면을 보게 합니다. 시선도 정면을 보며 가슴을 열고 오른손으로는 바닥을 짚고 턱 끝은 당긴 채 몇 차례 호흡합니다. 괜찮다면 고개를 뒤로 젖혀 발바닥과 이마가 만나게 합니다. 이대로 유지하거나 균형이 잘 잡히면 반대쪽 팔도 들어서 양손으로 발을 잡고 손, 발, 이마를 맞대고 부드럽게 숨을 쉬어요.

가슴을 부풀린 새의 자태를 닮은 이 자세에서 활짝 열린 가슴과 이완되는 다리 앞면, 조이는 등과 엉덩이의 힘을 느끼며 자유와 구속에 대해 생각해봅니다.

- 이미지: 왕 비둘기, 위엄 있는 새, 날개 없는 천사, 손-발-이마의 만남
- 경험: 준비 자세에서 전굴, 후굴을 충분히 하며 하체의 안정감과 상체를 세우는 힘을 먼저 기르고, 그 후에 어깨를 열어 손으로 발을 잡고 완성 자세를 해본다.
- 명상 포인트: 자유와 구속

살라바° 아사나Salabhasana, 푸르나° 살라바 아사나Poornasalabhasana

(°살라바=메뚜기, °푸르나=완전하다)

: 메뚜기 자세

살라바 아사나

푸르나 살라바 아사나

메뚜기 자세입니다. 영화 〈올드보이〉에 나와서 잘 알려진 자세죠. 점프력이 좋은 메뚜기를 닮은 이 자세는 어딘가 역동적인 느낌을 줍니다.

바닥에 배를 대고 엎드려 있으면 목의 움직임이 제한되고 팔다리도 바닥에 있기 때문에 움직이는 데 딱히 좋은 조건은 아닙니다. 그런데 그 상태에서 마치 보이지 않는 끈이라도 존재하는 것처럼 중력을 거스르며 몸의 반 이상을 거꾸로 세우는 살라바 아사나는 그 자체로 도전 정신을 상징하는 듯합니다.

어마어마한 등의 힘과 엉덩이, 하체의 힘, 균형감각 못지않게 척추를 뒤로(위로) 젖혀 올리는 유연성이 요구되니까요. 한마디로 쉽지 않습니다. 그래서 더 도전해볼 만한 가치가 있다고 생각해요.

다누라 아사나(활 자세)와 마찬가지로 2~3시간 공복인 상태에서 하는 게 좋습니다. 활 자세와 또 하나의 공통점이 있는데요. 이 자세는 엉덩이와 허벅지 근육을 강화하고(힙업이 됩니다) 허리 건강에 좋습니다. 또한 신장을 튼튼하게 하고 턱을 바닥에 눌러서 모세혈관을 자극하는 효과도 있습니다.

우선은 엎드려서 다리를 골반 너비로 열고 양손은 몸 아래에 밀어 넣고 손바닥으로 매트를 짚은 다음 턱을 바닥에 댑니다. 충분히 호흡하고 다리를 들어 올립니다. 너무 힘들다면 처음에는 이마를 바닥에 대고 해보세요. 다음엔 상체와 하체를 동시에 들어 올려봅니다. 양손은 몸의 옆면에 붙여도 되고 등 뒤에서 엄지손가락이 등을 향하도록 깍지를 끼고 들어 올려도 좋아요. 숨을 마시며 흉추를 최대한 들고 경추를 젖혀봅니다. 내쉬면서 하체를 더 높이 들어보세요. 다리 너비는 그대로 두어도 좋고 가능하면 엉덩이와 다리 안쪽에 힘을 주어 공중에서 다리를 붙여봅니다.

기본동작이 몸에 익으면 양팔을 몸 아래에 넣고 하체를 위로 들어 올렸다가 점차 무릎을 굽혀 발을 머리에 올리는 '푸르나 살라바 아사나'를 해봅니다. 변형동작을 할 때는 흉추 아래쪽을 더 위로 밀어 올려서 요추의 부담을 줄여주는 게 중요합니다(그러나 가슴은 바닥에 닿아 있어야 합니다).

손바닥을 매트에 대고 하는 방식은 어렵지만 힘을 기르는 데 이롭고, 손을 깍지 껴서 바닥과 골반 사이에 미리 공간을 만드는 방법은 몸을 들어 올리는 데 더 유리합니다. 둘 다 시도해보세요.

엉덩이의 위치에 따라 무게중심이 흔들릴 수 있기 때문에 턱과 가슴과 팔만 땅에 닿은 상황에서도 균형을 잘 잡도록 노력해야 합니다. 꾸준히 기본자세부터 수련하다 보면 어느 순간 몸이 가벼워지며 다리가 머리 위로 번쩍 들리는 날이 올지도 몰라요.

- 이미지: 메뚜기
- 경험: 양손을 평평하게 또는 깍지를 껴서 몸 아래에 두고 턱을 대고 엎드려서 엉덩이와 넓적다리 뒷면에 강하게 힘을 주며 하체를 거꾸로 들어 올린다. 목이 눌리지 않도록 턱으로 바닥을 살짝 누르고 가슴이 바닥에서 뜨지 않게 유지한다.
- 명상 포인트: 도전 정신, 역동성

우르드바° 다누°라 아사나Urdhvadhanurasana

(°우르드바=위로 향한, °다누=활)

: 아치 자세, 차크라(바퀴/원반) 아사나

우르드바 다누라 아사나 1

우르드바 다누라 아사나 2

아치 자세입니다. 저는 이 동작을 할 때면 '수레바퀴'가 떠올라요. 어릴 적 읽은 헤르만 헤세의 《수레바퀴 아래서》도 함께 생각납니다. 계속되는 삶의 굴레, 반복되는 하루 중에 잠깐만 멈춰서 우르드바 다누라 아사나를 합니다. 일상의 흐름을 깨는 것과 중력에 맞서는 일은 늘 어렵죠.

수업 시간에 해보면 이 자세는 아예 엄두가 안 난다는 분이 많습니다. 팔과 다리를 평소와 다른 방향으로 쓰려니 영 어색하죠. 사실 아치 자세는 대부분 힘이나 유연성이 부족해서 못하는 게 아닙니다. 단지 생소해서 어렵게 느껴지는 것이죠. 낯선 것은 대개 두려운 마음을 불러일으키거든요. 시야가 뒤집히는 것도 불안하게 느껴질 수 있어요. 하지만 괜찮아요. 팔다리와 몸을 들어 올리는 자신의 힘을 믿어 보세요.

플랭크를 할 수 있는 근력과 우스트라 아사나(낙타 자세)와 세투 반다 사르반가 아사나(교각 자세. 133쪽)를 할 정도로 하체 힘과 상하체 유연성이 있다면 충분히 가능한 자세입니다.

첫 번째 그림은 팔과 다리에 비교적 균등하게 힘을 주어 완만한 곡선을 그리는 자세입니다. 처음부터 손과 발의 거리가 많이 가까울 필요는 없습니다. 각자 편안한 위치에서 두 발을 다 내려놓고 유지하거나 한 발씩 차례로 들어 올려봅니다. 손과 발을 점점 가깝게 해서 바로 다음에 소개할 '티리앙 무코타나 아사나'로 이어가기에 좋은 자세입니다.

두 번째 그림은 팔과 다리를 쭉 편 모습입니다. 이렇게 상체가 바닥에서 수직에 가까운 모양으로 팔을 펴고 가슴을 앞으로 최대한 내미는 버전은 에카 파다 비파리타 단다 아사나(위로 향한 한 발 막대기 자세. 201쪽)를 하기에 앞서 수련하기 좋습니다.

우선 첫 번째 자세를 해봅니다. 등을 대고 누워서 무릎을 세워 발뒤꿈치를 엉덩이 가까이 가져옵니다. 발과 무릎은 골반 너비 정도, 발 모양은 11자로 정렬해요. 양손을 들어 올려 얼굴 옆 바닥을 짚습니다. 손끝이 어깨와 맞닿도록 하고 팔꿈치가 벌어지지 않게 똑바로 세운 채 숨을 마시며 골반을 높이 들어 올립니다. 한 번 내쉬고, 숨을 마시며 팔의 힘으로 머리를 들어 정수리를 바닥에 내립니다. 여기에서 팔꿈치가 좌우로 벌어지지 않도록 다시 한 번 모아줍니다. 손, 발, 정수리만 바닥에 닿은 상태로 숨을 내쉬고, 마시며 팔다리의 힘으로 머리까지 들어 올려봅니다. 팔꿈치를 펴고 손과 발로 바닥을 누르며 골반을 더 높이 들어 올려요. 엄지발가락에도 힘을 줍니다. 목은 편안하게 늘어뜨리거나 고개를 젖혀서 양손 사이, 바닥을 내려다봅니다. 팔과 다리에 무게가 비슷하게 실리도록 해요.

여기서 어깨가 바닥에서 수직이 되도록 상체를 앞으로 내밀고 다리를 펴면 두 번째 자세가 됩니다.

충분히 호흡하고 가능하면 균형을 잡고 한 발씩 들어 올려보거나, 다리 쪽으로 점점 짚어가며(또는 발로 걸어와서) 손발이 가까워지게 하여 티리앙 무코타나 아사나로 변환합니다. 돌아올 때에는 내쉬며 처음 위치에 손과 발을 다시 놓고 천천히 등을 바닥에 내립니다. 숙련자의 경우, 손과 발을 가깝게 했다가 하체에 무게를 싣고 엉덩이에 힘을 주며 그대로 몸을 완전히 일으켜 세워 선 자세로 마무리합니다.

다양하게 해보세요. 요가에 완벽한 자세는 없습니다. 하는 사람의 몸에 따라, 또 그날의 상태에 따라 원하는 걸 하면 됩니다. 요가를 하고 뻐근했던 몸이 조금 개운해졌다면, 그래서 왠지 오늘은 꿀잠을 잘 수 있을 것만 같다면 그것으로 충분합니다. 집중하며 움직이는 순간 잠들어 있던 근육과 관절, 뼈, 근막이 살아나며 몸 깊은 곳에서부터 깨어나게 될 거예요.

두려움을 극복하며 수레바퀴를 벗어난다는 기분으로 우르드바 다누라 아사나를 합니다.

- 이미지: 수레바퀴, 일상에서 벗어남, 척추의 뒤집힘
- 경험: 팔과 다리, 엉덩이, 등의 힘이 필요하다. 누워서 골반을 먼저 들어 올리고 정수리를 바닥에 내린 상태에서 머리를 들어 올리기 전에 팔꿈치가 어깨너비 이상 벌어지지 않게 점검한다. 완성 자세에서 여유가 있으면 호흡하며 한 발씩 들기, 손과 발을 더 가깝게 모아보기 등을 해본다.
- 명상 포인트: 두려움 극복, 스스로에 대한 믿음

티리앙° 무코타나° 아사나 Tiriangmukhottanasana

(°티리앙=거꾸로/수평/비스듬한, °무코타나: 무카=얼굴/입+우타나=강하게 뻗다)

: 드롭백 & 컴업의 심화 자세

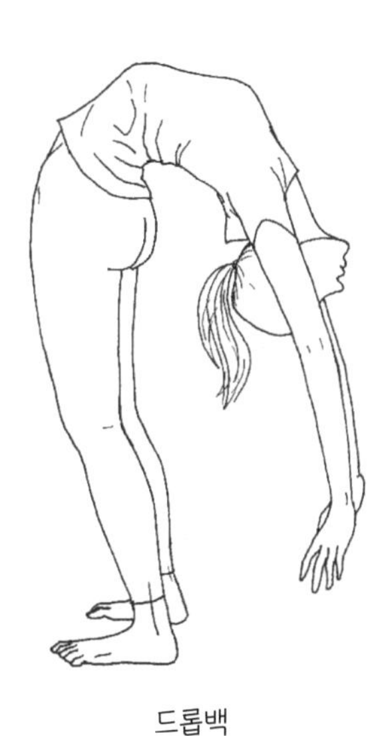

드롭백

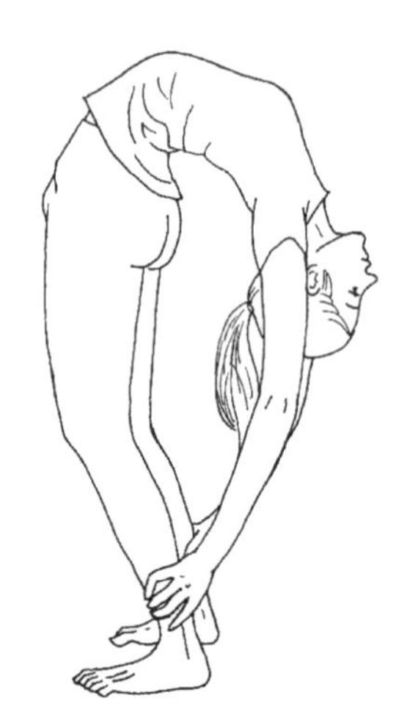

티리앙 무코타나 아사나 1

티리앙 무코타나 아사나 2

우주여행을 생각나게 하는 궁극의 기지개 자세입니다. 즉, 차원이 다른 개운함을 선사하는 동시에 진공상태에 놓인 것처럼 묘한 느낌을 줍니다.

경추, 흉추, 요추를 골고루 자극하여 경직된 몸을 펴고 어깨 관절의 유연성과 팔다리의 힘을 기르는 데 도움이 됩니다. 전신에 영향을 주기에 궁극의 기지개라고 이름 붙여 보았습니다.

티리앙 무코타나 아사나를 하기에 앞서 서서 기지개를 켜는 동작, 부장가 아사나(코브라 자세), 우스트라 아사나(낙타 자세) 등의 후굴 자세를 많이 수련하는 게 좋아요. 또한 고무카 아사나(소머리 자세) 등으로 팔과 어깨 관절을 충분히 풀어주고, 두 발로 잘 버티기 위해서 '드롭백 & 컴업(Drop back and Come up)'을 안정감 있게 하는 연습을 합니다. '드롭백 & 컴업'은 '선 자세에서 몸을 뒤로 젖혀 양손으로 땅을 짚었다가 다시 올라와 바로 서는 동작'을 말합니다. 손으로 바닥을 짚었다가 곧바로 돌아와도 좋고, 우르드바 다누라 아사나(아치 자세)에 머물다가 다시 올라와도 좋습니다.

이 자세에 접근하는 방법은 크게 두 가지입니다. 하나는 선 상태에서 바로 뒤로 젖혀서(드롭백) 발목이나 다리를 잡는 '에어 캐칭', 다른 하나는 우르드바 다누라 아사나에서 손과 발 간격을 점점 좁히는 방식입니다. 저는 후자의 방식으로 시작했고, 이후에는 에어 캐칭으로 접근하고 있습니다.

두 가지 방법을 모두 시도해보는 게 유익하지만 초심자의 경우, 후자의 방법으로 시작해봅시다. 우르드바 다누라 아사나에서 고개를 젖혀 바닥을 보고 가능하면 발뒤꿈치를 보려고 합니다. 발을 향해 한 뼘씩 손으로 짚어서(또는 발로 걸어오며) 손과 발을 가까이 둡니다.

그런데 손이 금방 발에 닿지 않을 거예요. 발목이 가까우면서도 천리만리 멀게 느껴지고, 호흡은 가빠지고, 자세가 왠지 불안하고, '내가 지금 거꾸로 뒤집혀서 대체 뭘 하는 건가' 싶은 생각이 들지도 모릅니다.

자연스러운 현상입니다. 무리해서 잡으려고 하지 마세요. 지금 손과 발이 머무는 자리에서 목을 늘어뜨려 힘을 빼고 숨을 쉽니다. 그러다 자세에 익숙해지면 손바닥을 슬쩍 떼어 손가락 끝으로 지탱합니다. 조금 더 용기가 생기면 다리의 힘을 유지하면서 아주 조금씩 거리를 좁혀보는 거예요.

만일 손이 발에 닿으면 손으로 발목을 잡으면서 체중을 발쪽으로 서서히 옮기며 무릎을 점차 폅니다. 동작에 여유가 있으면 손으로 차근차근 다리를 타고 올라가 무릎 부근을 잡고 팔꿈치가 어깨너비 이상으로 벌어지지 않도록 유지하며 몇 차례 호흡합니다. 돌아올 때에는 다리의 힘을 이용해 곧바로 선 자세로 올라오거나, 다시 손으로 바닥을 짚고 우르드바 다누라 아사나로 돌아가서 바닥에 등을 대고 누워 휴식을 취합니다.

저는 후굴이 잘 되는 편이었지만 이 자세는 결코 쉽게 되지 않았습니다. 수년 동안 아치 자세에서 발과 손의 거리가 5센티미터 이하로 좀처럼 좁혀지지 않았고, 겨우 발을 잡았어도 초반에는 허리가 아파 한참 누워 있던 적도 있었습니다. 척추의 유연성 이외에도 옆구리, 팔다리의 근력과 어깨 관절의 유동성이 필요하기에 무작정 완성을 추구하다 보면 다칠 수 있습니다.

아치 자세를 하며 어깨와 팔의 힘을 기르고, 드롭백과 컴업을 연습하면서 하체의 탄력성과 안정감을 높이다 보면 거짓말처럼 자세와 하나가 되는 순간이 옵니다. 처음 이 아사나를 해낸 2018년 3월 20일 밤 12시를 기억합니다. 한 손으로 발목을 잡고 다른 한 손을 천천히 움직이는데 어깨 관절이 조금 삐걱거리는가 싶더니 턱- 하고 발목이 손안에 들어왔습니다. 그때 진공상태에 놓인 것처럼 주변의 모든 소리가 차단되고 오직 숨소리만 들렸습니다. 발뒤꿈치를 바닥에 고정한 채 목에 긴장을 풀고 호흡을 했습니다. 다리에 거꾸로 매달린 듯한 모양으로, 척추가 개운하게 펴지는 걸 경험했습니다.

한 자세를 만난 이후에도 삶과 요가 여정은 계속됩니다. 깊고 고요하게, 단단하지만 부드럽게 이 순간에 머무르기 위해서 우주여행 같은 티리앙 무코타나 아사나를 합니다.

- 이미지: 궁극의 기지개, 내 몸속 우주여행
- 경험: 선 자세에서 곧바로 또는 우르드바 다누라 아사나에서 시작한다. 드롭백과 컴업, 아치 자세를 꾸준히 수련하고, 점차 손과 발의 간격이 가까워지게 한다. 척추와 온몸에 자극이 있으므로 무리하지 않고 천천히 접근한다.
- 명상 포인트: 여정은 계속된다.

교각 자세, 금강 자세

#어깨풀기 #작업이막힐때

교각 자세, 금강 자세는 각각 세투 반다 사르반가 아사나, 바즈라 아사나로 불리기도 합니다. 이때 세투(Setu)는 '교각/다리', 반다(Bandha)는 '잠그다', 사르반가(Sarvanga)는 '어깨'를 뜻합니다. 그래서 흔히 브리지 자세라고 부릅니다. 바즈라(Vajra)는 '금강, 다이아몬드'라는 뜻으로 이 자세를 금강좌라고도 부릅니다.

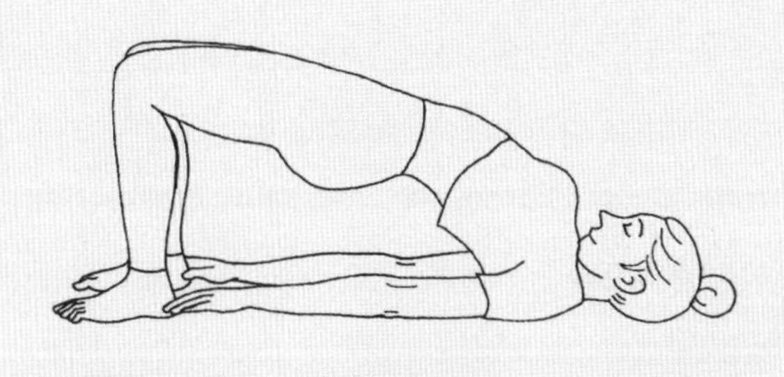

교각 자세

금강 자세에서 후굴

저는 그림과 글 관련 일을 하고 있습니다. 작업 특성상 목이 늘 앞으로 나와 있고 팔을 많이 써요. 그러다 보니 목에 담도 잘 걸리고 어깨도 뻐근해요. 담이 심하게 오면 그냥 불편한 정도가 아니라 숨 쉬기도 곤란하고 통증이 어마어마합니다.

제가 요가를 처음 시작한 이유는 몸이 아파서입니다. 여러 요가 동작 중에서 특히 일상에서는 좀처럼 할 일이 없던 '후굴'을 하면서 새로운 느낌을 경험했어요. 그동안 소외되어 있던 근육이 살아나고 반대로 과하게 긴장해 있던 부분이 스르르 풀리는 기분이었습니다. 자주 아팠던 목과 어깨, 승모근에 대해 '내가 그동안 잔뜩 이용만 하고 놓아주지를 않았구나' 하는 미안한 마음이 들었어요.

교각 자세에서 팔을 바닥에 누르고 등을 붕 띄우자 다리가 후들거렸습니다. 그래도 손과 발에 힘을 주고 몇 번 호흡하고 나니 목덜미와 머리, 팔이 시원했습니다. 나아가 엉덩이를 들어 올리며 하체 힘이 강화되는 효과도 있었습니다.

무릎을 대고 앉아서 상체를 젖히는 동작(금강 자세에서 후굴)은 작업을 하다 막혔을 때 하기에 좋아요. 앉아서 머리를 뒤로 젖혀놓고 등을 살짝 조이는 힘을 주며 어깨에 긴장을 툭 풀면 머리와 어깨에 무겁게 얹혀 있던 고민과 부담감이 척추의 곡선을 따라 쓸려 내려가는 것 같거든요. 그렇게 비워내고 맑아진 정신으로 오늘도 다시 작업하러 갑니다. 총총.

4장。 몸과 마음을 여는 '골반 열기'

우파비스타° 코나° 아사나Upavisthakonasana, 사마° 코나 아사나Samakonasana

(°우파비스타=앉다, °코나=각도, °사마=곧게 선)

: 박쥐 자세

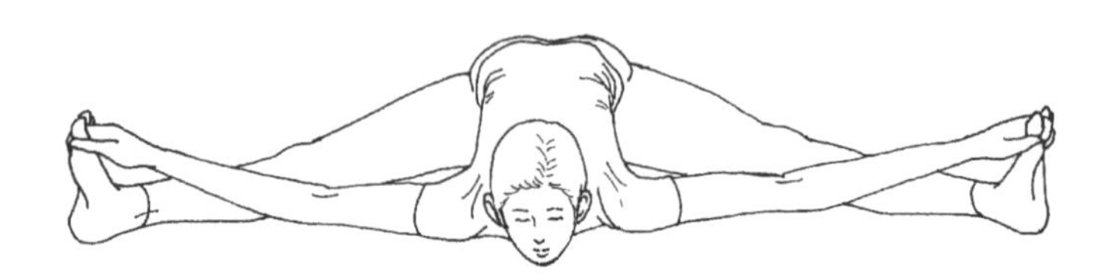

우파비스타 코나 아사나

사마 코나 아사나

외국에서는 대개 'wide angle seated forward bend'라는 긴 이름으로 부르는 박쥐 자세입니다. 박쥐가 날개를 편 모양과 꽤 닮았기에 잘 지은 이름이라고 생각합니다.

솔직히 저는 이 자세에 애증이 있어요. 전에 다리를 일직선에 가깝게 열고 무리하게 앞으로 숙여 유지하다가 허벅지 안쪽 근육과 인대를 다쳤거든요. 찢어지는 듯한 통증이 계속되어 거의 일 년 넘게 치료를 받았습니다. 파리브르타 자누 시르사 아사나(반 박쥐 자세, 167쪽)에서 앞으로 숙이는 것도 어려울 만큼 상태가 좋지 않았습니다.

그 후 한동안 못하다가 일상 속에서 받다 코나 아사나(나비 자세) 등 골반을 여는 수련을 다시 하며 조금씩 각도를 열어 수련하다 보니, 지금은 부상 이전보다 더 편하게 박쥐 자세를 할 수 있게 되었습니다.

골반과 고관절을 열고 다리 안쪽을 충분히 이완시키고 다리를 연 상태에서 배가 바닥에 닿도록 깊은 전굴을 해야 하므로 익숙해지려면 다소 시간이 걸리는 자세입니다. 전에 나온 받다 코나 아사나처럼 골반을 열어주고 하체 순환을 원활하게 하므로 월경통에 좋습니다. 다리의 부기나 군살 정리에도 효과가 있습니다.

조급한 마음에 무리하거나 너무 속상해하지 말고 지금 나의 상태를 먼저 받아들입니다. 그리고 아프지 않은 선에서 미세하게 각도를 늘려요. 안 그러면 다칠 수 있습니다. 인대는 한 번 다치면 회복이 더뎌요.

우선 다리를 적당히 열고 앉아서 무릎을 펴고 발끝을 세우며 엉덩이와 다리 전체를 바닥에 지그시 누릅니다. 이때 다리 너비는 양손을 뻗어 엄지, 검지, 중지로 각각 엄지발가락을 잡을 수 있을 정도이므로 그리 넓지 않아도 됩니다. 이제 손가락과 발가락을 서로 잡아당기는 힘을 쓰면서 팔을 팽팽히 만들고 숨을 들이마시며 가슴을 앞으로 내밀고 어깨를 부드럽게 합니다. 등이 굽어지지 않게 펴고 고관절과 다리, 발의 위치는 그대로 둔 채 골반 자체를 앞으로 서서히 기울여봅니다. 내쉬는 숨에 아랫배부터 가슴, 턱이 땅에 닿도록 내리고 손과 발을 서로 당기는 힘과 하체를 바닥에 납작하게 붙이는 힘을 느끼면서 상체에는 긴장을 풀고 눈을 감은 채 깊게 호흡합니다.

우파비스타 코나 아사나가 편안해지면 다리 각도를 더 넓히고 상체를 바로 세운 채 유지하는 '사마 코나 아사나'도 시도해봅니다. 골반과 고관절이 더욱 자극되면서 열릴 거예요.

이 자세를 하면서 박쥐에 대해 생각해보았어요. 쥐도 새도 아닌 데다 포유류 중 유일하게 날 수 있는 신기한 동물입니다. 박쥐는 동굴에 살고 밤에 활동하기에 곧바로 '어둠'이라는 단어가 연상되었어요. 어둠은 왠지 무섭죠. 그런데 가만히 생각해보니 어둠이라는 말이 주는 거부감과 공포 이면에는 이런 것들이 있었습니다.

밤, 휴식, 고요함, 그래서 다음 날 밝음 속에 다시 움직일 수 있게 하는 자연의 섭리 같은 것이요. 바닥에 몸을 납작하게 펼쳐서 엎드린 박쥐 자세에서 눈을 감은 채 '어둠의 밝은(긍정적인) 측면'에 대해 고찰해봅니다. 땅과 내 몸의 온기가 만나는 순간, 내가 무겁게 들고 있는 모든 것들을 거기에 잠시 내려놓아요.

- 이미지: 박쥐, 밤
- 경험: 양손으로 엄지발가락을 잡을 수 있을 만큼 다리를 열고 앉는다. 엉덩이와 하체 뒷면을 바닥에 납작하게 붙이고 마시는 숨에 상체를 앞으로 내밀며 가슴을 펴고 내쉬는 숨에 배, 가슴, 턱 순으로 바닥에 내려 눈을 감고 쉬는 듯이 호흡한다.
- 명상 포인트: 어둠 속의 휴식

우탄° 프리스타° 아사나 Utthanpristhasana

(°우탄=들어 올리다/늘이다, °프리스타=뒤)

: 도마뱀 자세

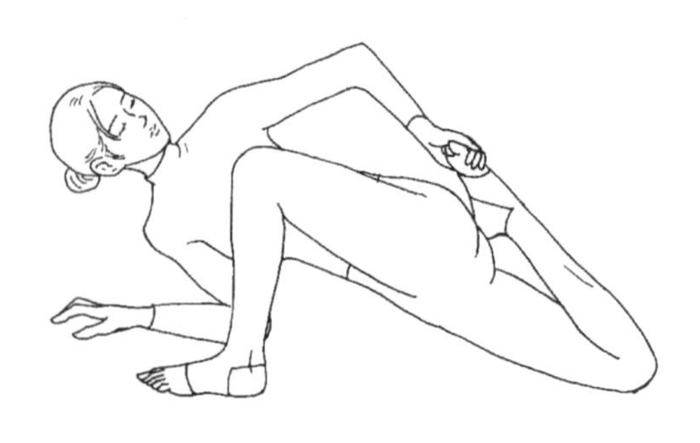

우탄 프리스타 아사나 변형

처음 보면 무언가 이질적으로 보이는 도마뱀 자세입니다. 한쪽 다리를 굽히고 나머지 하나는 뒤로 편 모양이 도마뱀의 두터운 다리와 기다란 꼬리를 닮았어요.

도마뱀은 위험에 처하면 스스로 꼬리를 자르고 도망칩니다. 그 결단력과 살고자 하는 강한 의지가 경이롭게 느껴져요. 잘린 꼬리는 다시 자라나지만 안에는 뼈 대신 힘줄이 생깁니다. 세상에 태어난 이상 고통 없는 삶이란 없겠죠. 상처를 입고 나면 예전과 똑같을 수는 없지만, 도마뱀의 새로운 꼬리처럼, 그걸 이겨내고 살아남은 내가 남습니다.

고관절이 뻐근하거나 하체에 힘을 기르고 싶을 때 하기 좋은 자세입니다. 팔이나 어깨가 쑤실 때 기지개를 켜듯이, 다리 앞면을 색다르면서도 개운하게 펴고 싶을 때 저는 도마뱀 자세를 합니다.

에카 파다 라자 카포타 아사나(한 발 왕 비둘기 자세) 준비동작이나 마리챠 아사나(현인 마리치 자세)와 함께 수련하면 자세에 대한 감각을 익히기 쉬울 거예요. 또한 자누 시르사 아사나('베토벤 7번 교향곡'을 연상시키는 자세)와 파스치모타나 아사나(앉은 전굴 자세) 등의 전굴 자세를 먼저 하면 신체 뒷면의 긴장을 푸는 데 도움이 됩니다.

우선 아도 무카 스바나 아사나(다운독)에서 시작합니다. 마시는 숨에 고개를 들어 정면을 보고 왼 무릎을 굽혀 발을 왼손 바깥에 사뿐히 내립니다. 뒤에 있는 오른발 앞꿈치로 바닥을 누르고 오른 다리를 곧게 편 채, 왼 무릎은 상체에 가까이 붙이고 손을 짚은 자리에 팔꿈치를 하나씩 내려놓습니다. 팔에 조금 힘을 주어 상체를 다리와 수평이 되도록 만들고 고개를 들어 호흡합니다. 만일 이 자세가 불편하다면 팔꿈치 대신 손을 짚은 채 팔을 펴서 유지하거나, 뒤에 있는 오른 무릎과 발등을 바닥에 내려도 괜찮아요.

도마뱀 자세에서는 여러 가지 변형 동작을 할 수 있는데, 그중 하나를 해봅니다. 오른팔을 한 뼘 정도 안으로 옮기고 상체를 왼쪽으로 틀어서 왼팔을 뻗고, 뒤에 있는 오른 다리를 굽혀 왼손으로 오른발을 잡아봅니다. 가슴을 열고 어깨는 부드럽게 낮추면서 가능하면 발뒤꿈치를 엉덩이 쪽으로 당겨봅니다. 다리 앞면을 보다 강하게 뻗어주는 동시에 상체 비틀기 효과가 있습니다.

우탄 프리스타 아사나는 다리 모양만 보면 비라바드라 아사나(전사 자세. 245쪽) 1번과 비슷해 보이기도 합니다. 험한 세상 속에 스스로를 지켜내는 작은 전사, 도마뱀처럼 튼튼하게 땅을 딛고 살아가고 싶어요.

- 이미지: 도마뱀, 작은 전사
- 경험: 앞에 굽힌 다리는 상체 옆에 가까이 붙이고, 뒤에 있는 다리는 쭉 편 채 유지한다. 또는 뒤쪽 무릎과 발등을 내려놓고 하거나 팔꿈치 대신 손을 짚고 해도 무방하다. 변형 동작도 같이 해본다.
- 명상 포인트: 자신을 지켜내려는 의지

우르드바° 프라사리타° 에카° 파다° 아사나 Urdhvaprasaritaekapadasana, 비라바드라° 아사나 3 Virabhadrasana 3

(°우르드바=위로 향한, °프라사리타=뻗은, °에카=하나, °파다=발, °비라바드라=강한 전사)

: 스텐딩 스플릿

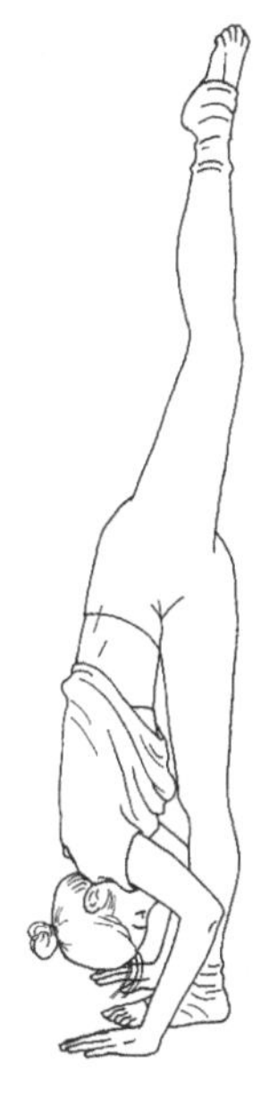

우르드바 프라사리타 에카 파다 아사나

비라바드라 아사나 3

이 자세를 가만 들여다보면 '솟대'가 생각납니다. 나무를 새(오리) 모양으로 깎아 주로 마을 어귀에 높이 세워두는 솟대. 민간신앙에서 하늘과 땅을 잇는 수호신으로 여겨 풍년과 건강 등의 소망을 빌었죠.

소원을 빌 타이밍은 살면서 종종 찾아옵니다. 복권을 살 때, 달을 보면서, 새해를 맞이하며 등등. 오지 않은 앞날에 대해 아름다운 기대를 품는 건 퍽 설레고 기분 좋은 일이죠. 인생은 딱히 꿈결 같지도 않고 장밋빛도 아니지만 소망을 품는 그 시간만큼은 행복해지니까요. 그렇게 순간순간의 행복을 채우며 살아갈 힘을 얻는가 봅니다.

바로 다음에 나오는, 앉아서 다리를 앞뒤로 여는 하누

만 아사나(원숭이 자세)와 비슷한 모양이지만 이 자세는 한 발과 손으로 균형을 잡는다는 점이 달라요.

우선 아도 무카 스바나 아사나(다운독)와 비달라 아사나(고양이 자세)에서 한 발씩 들기, 각종 전굴 자세 등등으로 다리 햄스트링을 적당히 부드럽게 만들고 다리를 뒤로 들어 올리는 감각을 익힙니다. 그리고 다운독에서 한 발을 들고 점점 손을 다른 발과 가깝게 짚거나, '비라바드라 아사나 3번'에서 연결해봅니다.

'비라바드라'는 파괴의 신인 시바 신의 머리카락에서 나온 아주 강한 전사의 이름입니다. 땅을 딛고 있는 발가락에서부터 다리까지 견고하게 힘을 주고, 상체를 점점 다리 쪽으로 숙이며 동시에 한쪽 다리를 천장으로 들어 올려요. 올린 발등을 펴고 균형을 잡으면서 깊게 호흡합니다.

조금 흔들거릴지도 몰라요. 그러면 지탱하는 다리와 두 손에 더 의식을 둡니다. 저는 가끔 아사나를 하며 흔들릴 때 아래의 시가 떠올라요.

"흔들리지 않고 피는 꽃이 어디 있으랴

이 세상 그 어떤 아름다운 꽃들도

다 흔들리면서 피었나니

흔들리면서 줄기를 곧게 세웠나니"

- 도종환의 시 〈흔들리며 피는 꽃〉 중에서

막대가 있어야 솟대를 세우듯, 지금의 내가 있어야 소망도 있습니다. 나를 다독이며 안아주듯이 다리에 이마를 댑니다.

⚘ 이미지: 솟대

⚘ 경험: 엉덩이나 허벅지 근육, 인대에 무리가 가지 않도록 조금씩 각도를 연다.

⚘ 명상 포인트: 소망의 솟대를 세우며

하누만° 아사나Hanumanasana, 발라킬야° 아사나Valakhilyasana

(°하누만=원숭이 형상을 한 신, °발라킬야=신의 몸에서 나온 엄지손가락만 한 크기의 요정들)

: 원숭이(신) 자세

하누만 아사나

발라킬야 아사나

원숭이 자세입니다. 원숭이라고 하면 재주가 많다, 날렵하다, 똑똑하다 등 많은 특징이 생각나지만 저는 '원숭이도 나무에서 떨어진다'는 옛말이 함께 떠오릅니다.

처음 하누만 아사나를 시도했을 때는 별 어려움이 없었습니다. 아니, 그런 줄 알았습니다. 그런데 편안한 왼쪽과 달리 오른 다리를 앞으로 펴는 건 조금 불편했고 거기서 상체를 뒤로 젖히는 등 변형 동작은 엄두도 못 낼 정도로 불편했습니다.

몇 개월간 양쪽을 꾸준히 연습하고 고무카 아사나(소머리 자세)와 받다 코나 아사나(나비 자세) 등으로 골반의 균형을 맞추려 노력하자 불편했던 쪽도 무리 없이 앉을 수 있게 되었어요. 내 몸의 불균형을 조금이나마 스스로의 힘으로 해소한 것 같아 기뻤습니다. 이게 결론이면 참 좋겠지만 인간만사 새옹지마입니다.

2018년 가을, 오른발과 인대에 부상을 입어서 오른발 등을 펴는 게 어려워졌습니다. 그래서 다친 이후로는 처음부터 잘 되던 왼 다리를 앞으로, 오른 다리를 뒤에 펴는 동작이 버겁게 느껴집니다.

누워만 있지 않은 이상 아예 걸어 다니지 않을 수는 없으니 발은 회복이 유독 느린 편입니다. 그렇게 수개월 간 고생하면서 문제없던 자세들이 잘 되지 않자 마음이 울적해졌습니다. 그러나 한편으로는 사람인 이상 종종 아픈 게 당연하고 그러니 어떤 일에도 지나치게 슬퍼하거나 우쭐할 필요는 없다는 생각이 들었어요.

'하누만'은 인도 신화에서 원숭이 형상을 한 신을 가리킵니다. 악과 질병을 없애고 고난을 이겨내는 충성스러운 신으로 알려져 있어요. 그래서 다른 신들보다 왠지 인간적이고 매력적으로 느껴집니다. 좋은 날과 나쁜 날이 반복되는 인생, 하누만처럼 질병을 없애고 고난을 이겨내겠다는 마음으로 매트를 깔아봅니다.

하누만 아사나는 다리만 열심히 일하는 것처럼 보이지만 전혀 그렇지 않습니다. 다리를 뒤로 보낸 쪽의 옆구리와 장요근은 늘어나서 후굴을 하고 있는 상태이고, 반대로 다리를 앞으로 편 쪽의 몸은 약간의 전굴을 하고 있습니다. 그러니까 상체는 좌우가 각각 다르게 작용하는 상태에서 균형을 잡고 몸을 세우기 위해 애쓰고 있는 것입니다. 그래서 어느 쪽 다리가 뒤에 있는지에 따라 느낌이 달라집니다. 예를 들면 왼 다리를 뒤로 편 자세에서는 몸의 왼쪽 위에 위치한 위가 자극되어 더 속이 불편하거나 압박감으로 숨 쉬는 게 힘들게 느껴질 수 있습니다. 하누만에서 후굴을 하면 어떻게 다른지 더 잘 느껴집니다. 상체의 옆면 길이의 차이, 골반과 고관절이 틀어진 정도에 따라서도 난이도가 상이합니다.

하누만 아사나를 하기 전에 고무카 아사나, 받다 코나 아사나, 파리브르타 자누 시르사 아사나(반 박쥐 자세. 167쪽) 등의 자세에서 몸의 균형을 맞추고 불균형한 부분을 찾아보아요. 스스로 연구해보면 도움이 될 거예요. 그리고 기본적으로 다리를 앞뒤로 여는 동작인 만큼 다리의 앞면과 뒷면을 이완시켜야 합니다.

다리 앞쪽과 장요근을 늘이고 허벅다리와 엉덩이의 긴장감을 해소하는 자세로 에카 파다 라자 카포타 아사나(한 발 왕 비둘기 자세) 준비 자세가 있습니다. 한 다리를 뒤로 쭉 펴고 앉아서 상체를 세워 유지하다가 앞으로 편안히 숙여봅니다.

다리 뒷면을 이완하기 좋은 자세로는 아도 무카 스바나 아사나(다운독)가 있습니다. 그뿐만 아니라 다리를 펴고 앞으로 숙이는 모든 종류의 전굴이 도움이 됩니다. 다운독에서 우선 오른 무릎을 바닥에 내리고 왼 다리를 앞으로 펴서 발끝을 당기고 무릎을 펴봅니다. 양손으로 왼 다리 양옆 바닥을 짚고 골반의 균형을 먼저 맞춘 뒤 상체를 다리 위에 숙입니다. 동작이 익숙해지면 바닥에 대고 있는 오른 무릎을 점점 뒤로 보내면서 다리를 앞뒤로 열어 하누만 아사나를 완성합니다.

원숭이 자세에서 전굴, 후굴, 비틀기 등 다양한 동작을 하며 머물러요. 기본동작을 오래 유지할 수 있으면 몸을 뒤로 젖혀서 가능하면 팔을 만세 하듯 뻗어 발목이나 다리를 잡고 '발라킬야 아사나'로 연결해도 좋습니다. 발라킬야 아사나는 에카 파다 라자 카포타 아사나에서도 연결할 수 있습니다.

원숭이도 나무에서 떨어질 때가 있다는 옛말로 다시 돌아가봅니다. 하지만 그 원숭이는 죽지 않았다면 다시 나무에 올라갈 겁니다. 삶은 계속되니까요.

- 이미지: 원숭이(신), 땅을 가르는 모양, 숫자 1
- 경험: 골반 균형을 맞추고 상체를 바르게 세운다. 아사나를 하며 내 몸의 균형과 불균형을 찾아보고 도움이 되는 자세를 같이 한다. 다리 앞면, 뒷면, 장요근, 상체의 움직임을 느낀다.
- 명상 포인트: 겸손, 새옹지마, 고난을 이겨냄

고양이 기지개 자세, 누운 나비 자세

#골반열기 #역아돌리기

고양이 기지개 자세, 누운 나비 자세는 각각 비달라 아사나, 받다 코나 아사나의 변형 동작입니다.

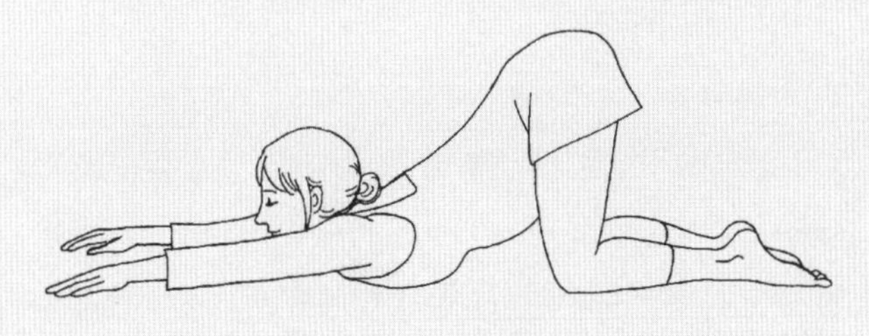

고양이 기지개 자세

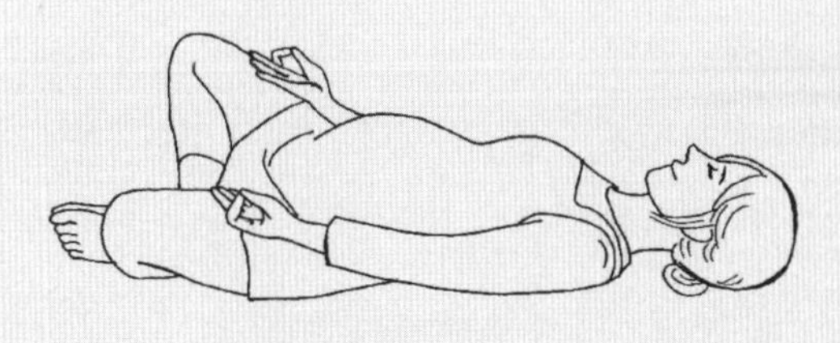

누운 나비 자세

저는 임신 중기에 아기가 역아 상태(출산 시 머리가 아닌 다리부터 나올 수 있는 위치)라는 걸 알게 되었습니다. 그래서 아기가 태동을 할 때마다 방광 압박으로 염증이 생겨 병원에 다녔습니다. 밤에 잠을 제대로 이룰 수 없을 정도로 불편했어요. 요가를 하는 친구에게 증상을 얘기했더니 고양이 기지개 자세를 알려주었습니다. 실은 제게 요가는 미지의 어떤 것일 뿐이었는데 "출산까지 아직 여유 있으니 꾸준히 하면 아기가 제 위치로 돌아올 거야"라는 친구의 말을 믿어보기로 했습니다.

양손과 무릎을 바닥에 댄 자세(테이블 자세)에서 몸 전체를 뒤로 밀었다가 턱과 가슴을 바닥에 내리며 천천히 팔을 앞으로 뻗었습니다. 골반은 무릎에서 수직에 가깝게 하고 발등을 내렸습니다. 아무래도 낯선 동작이기에 마냥 편하지는 않았어요. 초반에는 가슴이 바닥에서 많이 떴습니다. 뭔가 상당히 어색한 자세였음에도 유지하고 있다 보면 평소 눌려 있던 골반과 방광, 그 밖의 장기들이 비로소 숨을 쉬는 듯한 느낌이 들었습니다. 그리고 임신 7개월째, 다시 병원에 검진을 받으러 간 날에 아기가 한 바퀴 돌아서 다시 제대로 자리를 잡았다는 말을 들었을 때는 왈칵 눈물이 났습니다. 첫 임신이었기에 모든 것이 두려운 마음이었지만 그래도 아기가 역아에서 돌아왔다는 것만으로도 큰 위안이 되었습니다. 저를 그토록 괴롭히던 방광염 증세도 없어졌습니다.

이후 출산을 앞두고 친구가 알려준 골반을 여는 동작 중에서 누운 나비 자세를 자주 했습니다. 등을 대고 누워서 양 발바닥을 붙이고 무릎을 좌우로 열어서 양손은 엄지, 검지를 붙여 다리 위에 편하게 얹어두었습니다. 눈을 감고 숨을 쉬면서 골반의 느낌과 움직임을 의식했습니다. 나비 자세라는 이름처럼 나비 모양을 닮은 나의 골반을 떠올려보고 처음으로 내 몸에게 감사하다는 마음이 들었습니다. 이제까지 건강하게 있어주어서, 두 명의 생명을 담아 평소보다 훨씬 무거워진 나를 잘 지탱해주고 있어서 진심으로 고마웠습니다.

출산 후에 몸을 추스르고 나면 산후 요가를 배워볼 생각입니다. 세상 모든 예비 엄마들이 건강하기를…!

* Special thanks to 이원 언니

5장。 굳어진 몸과 더부룩한 속을 풀어주는 '측굴', '비틀기'

아르다° 마첸드라° 아사나Ardhamatsyendrasana

(°아르다=반, °마첸드라=물고기 신/물고기 현인이라 불린 요가 수련자)

: 반 물고기 신 자세

아르다 마첸드라 아사나 1

아르다 마첸드라 아사나 2

아르다 마첸드라 아사나 3

반 물고기 신(현인) 자세입니다. 관련 신화에 따르면 마첸드라는 심오한 요가 철학을 이해하고 설명한 어느 물고기에게 시바 신이 지어준 이름이라고 합니다. 참고로 '마첸드라'를 나누어보면 '마츠야'는 물고기, '인드라'는 신을 가리킵니다.

저는 요가를 할 때 몸풀기 동작들을 중요시하는 편입니다. 특히 깊은 후굴을 하기 전에는 전굴과 비틀기를 충분히 하려고 해요. 척추를 말랑말랑하게 만들어서 부상을 방지하기 위해서입니다. 수영하기 전에 준비운동을 하는 것과 마찬가지로요. 깊은 요가 자세들은 때로 물에 뛰어드는 것처럼 느껴지거든요.

비틀기 동작은 복부를 자극해서 소화를 촉진하고 옆구리와 등 모양을 다듬어줍니다. 소화불량이나 변비에 효과가 있어요. 다리 바깥면, 상체 옆면, 흉추의 유연성이 부족한 경우 불편할 수 있는데 그렇기 때문에 더욱 몸에 이로운 자세입니다.

양반다리로 편하게 앉아서 오른 다리가 아래에 오게 하고, 오른발 뒤꿈치를 왼쪽 엉덩이 옆으로 당겨옵니다. 왼발바닥을 오른 무릎 바깥에 내리고 왼 무릎을 세웁니다. 처음에는 무릎을 팔로 껴안고 해봅니다. 허벅지 안쪽이 상체에 닿도록 지그시 힘을 주어 껴안고 한 손으로 바닥을 짚고 비틀어줍니다. 요추보다는 흉추를, 즉 가슴을 더 뒤로 열면서 어깨도 열어줍니다. 허리뼈는 구조적으로 회전하는 데 한계가 있어서 무리하면 안 되니까요. 어깨는 조금 내리고 턱 끝을 당겨 목선을 위로 길게 늘여서 자연스럽게 뒤쪽을 봅니다. 목에만 지나치게 힘을 주지 않게 합니다. 무릎을 세운 쪽 엉덩이가 바닥에서 뜨지 않게 자세를 유지하며 호흡을 길게 해요. 숨을 짧게도 쉬어보고 길게도 쉬어봅니다. 그러다 보면 긴 호흡에 몸이 더 이완되면서 자세가 안정되게 느껴질 거예요.

동작이 익숙해지면 팔꿈치로 무릎을 밀면서 팔을 쭉 펴서 발목을 잡아보거나, 올린 다리 사이로 팔을 넣고 반대쪽 손도 등 뒤로 보내서 손을 맞잡거나 손목을 잡고 더 깊은 비틀기 자세를 취해봅니다(아르다 마첸드라 아사나는 더 여러 가지 버전이 있지만 요가 수업에서 자주 만나는 자세 위주로 다루었습니다).

너무 급히 해내려고 하지 말아요. 숨을 쉬면서 나의 몸이 적응할 수 있도록 시간을 두고 수련하다 보면 척추와 주변 근육들이 부드러워지면서 은은한 행복감이 찾아옵니다. 아르다 마첸드라 아사나를 할 때는 깊은 바다에서 온 신비로운 물고기 신이 된 것처럼 해요.

'나의 몸은 지금 부드러워지고 있다. 나는 척추가 유연하다.'

그렇게 마음부터 부드럽게 만들어요. 그럼 몸도 따라올 거예요.

- 이미지: 물고기 신
- 경험: 느린 호흡과 함께 단계별로 한다. 특히 깊은 후굴 전에 이 자세를 해서 척추를 부드럽게 만들어준다.
- 명상 포인트: 부드러움, 깊은숨

파리브르타° 자누° 시르사° 아사나Parivrttajanusirsasana

(°파리브르타=회전하는, °자누=무릎, °시르사=머리)

: 반 박쥐 자세

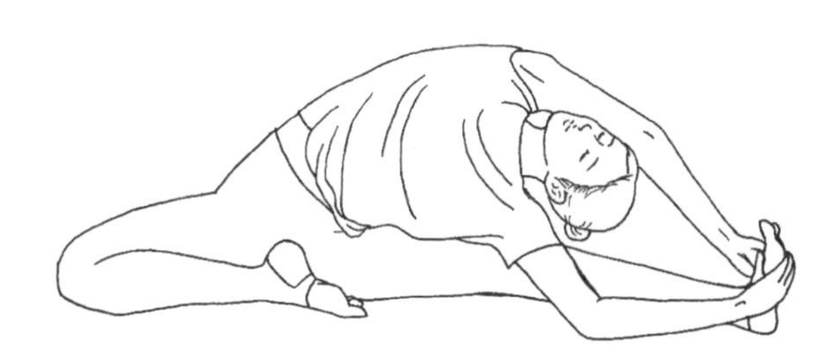

파리브르타 자누 시르사는 대표적인 몸풀기 아사나 중 하나입니다. 몸의 옆면이 쫄깃해지면서 시원한 느낌이 들어요. 뭔가 의욕이 없고 그냥 게으르고 싶은 날에 이 자세를 추천합니다. 처음엔 상쾌하고 그다음엔 나른해지거든요. '신의 낮잠'을 형상화한다면 이런 모습이 아닐까 할 정도로 우아하면서도 왠지 편안해 보이는 자세입니다.

앞서 베토벤 7번 교향곡을 떠올렸던 자누 시르사 아사나와는 각도가 다른 자누 시르사 아사나입니다. 반 박쥐 자세라고 부르기도 하는데 이름처럼 우파비스타 코나 아사나(박쥐 자세)로 바로 연결해서 오래 머무르기에 좋습니다. 또는 상체 방향만 틀어서 에카 파다 라자 카포타 아사나(한 발 왕 비둘기 자세)를 이어서 하기에 쉽습니다.

측면을 펴는 여러 아사나 중에서 누구나 쉽게 접근할 수 있고, 모양은 각자 다를지라도 그 이로움을 피부로 느낄 수 있는 자세라고 생각합니다. 바로 다음에 나오는 파리가 아사나(빗장 자세)에 비해 무릎으로 균형을 잡지 않아도 되고, 펼친 다리 뒷면 근육을 지나치게 수축하지 않아도 된다는 점에서 더 수월합니다. 그러므로 무릎이 아프거나 아킬레스건, 발목이 불편한 경우에는 이 자세가 낫겠죠.

먼저 받다 코나 아사나(나비 자세)로 앉습니다. 왼 다리를 옆으로 펴서 다리 뒷면을 바닥에 붙이고 오른 발꿈치를 몸 가까이 당겨옵니다. 좌우 엉덩이가 바닥에 골고루 닿게 합니다. 다리의 각도는 넓게 여는 게 좋지만 무리가 되지 않는 범위에서 시도합니다. 숨을 들이마시며 양팔을 수평으로 벌리고 내쉬면서 왼쪽으로 기울여 손등을 발 앞쪽 땅에 내리고 조금씩 더 상체를 기울여봅니다. 머리나 팔이 앞으로 숙여지지 않도록 하면서 몸의 측면이 늘어나는 느낌을 관찰합니다. 이때 오른쪽 엉덩이나 오른 무릎이 뜨지 않게 해요. 손끝이 발에 닿을 정도로 많이 기울어지면 오른손으로 발 바깥날, 왼손으로 발 안쪽날을 잡고 얼굴과 가슴을 천장을 향해 살짝 비틀어줍니다. 왼쪽 옆구리를 왼 다리 위에 얹으려고 하기보다는 옆구리를 조이면서 둥글게 띄워서 그 사이에 공간을 만들어줍니다. 그래서 반대편인 오른쪽 옆면을 더 부드럽게 늘어나게 해줘요. 은근한 힘을 주며 자세에 적응하되 지나치게 잡아당겨서 옆구리나 허벅지 근육을 다치지 않게 주의합니다. 동작에 욕심을 내면 다치기 더 쉽습니다. 마음 비우기 연습을 하듯이 해봅니다.

양쪽을 다 해보면 각자 골반의 기울어짐과 옆구리 길이의 차이, 양 고관절 위치에 따라 더 불편하게 느끼는 쪽이 있을 거예요. 저도 오른 다리 위로 몸을 기울이면 왼쪽 엉덩이가 상당히 많이 떴는데 그걸 알아차린 이후에 차이가 줄어들었습니다. 이렇게 하나씩 어긋난 부분을 알아차리고 양쪽의 차이를 줄이기 위해 반복해서 수련하면 느려도 변화가 옵니다. 그래서 요가는 참 정직하고 매력적인 것 같아요.

골반, 고관절의 균형을 맞추는 데 함께 하면 좋은 자세로 고무카 아사나, 또 골반과 고관절의 유연성을 키우고 측면을 부드럽게 하는 자세로 파리브르타 수리야 얀트라 아사나(컴퍼스 자세, 175쪽), 파리가 아사나, 아르다 받다 파드마 파스치모타나 아사나 등이 있습니다.

몸 측면을 길게 늘여 옆구리에 숨어 있던 피로를 풀어내고 다리 또한 길게 뻗어서 잠깐의 낮잠처럼 고요한 숨과 함께 자세에 머무릅니다.

- 이미지 : 반 박쥐, 신의 낮잠
- 경험 : 받다 코나 아사나에서 한쪽 다리를 옆으로 펼쳐서 엉덩이를 잘 내려놓고 상체를 옆으로 기울인다. 몸이 앞으로 숙여지지 않게 하고 호흡과 함께 미세하게 움직인다.
- 명상 포인트 : 우아함, 마음 비우기

파리가° 아사나Parighasana

(°파리가=문을 닫고 가로질러 잠그는 나무나 쇠막대기)

: 빗장 자세

파리가 아사나 1

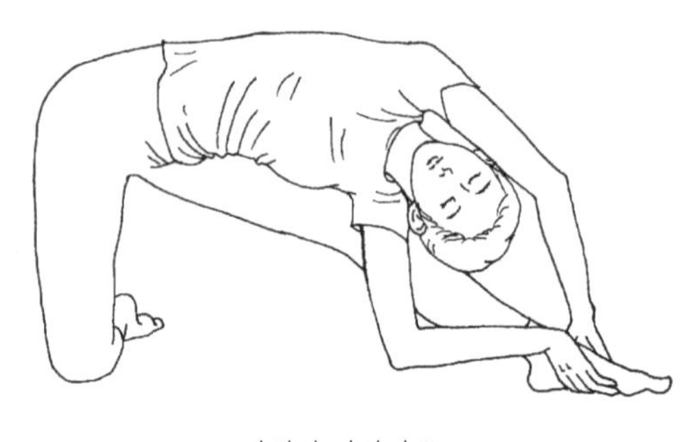

파리가 아사나 2

빗장 자세는 측굴 자세 중 하나로 몸의 측면을 이완시키고 시원한 자극을 줍니다. 부장가 아사나가 뒤로 젖혀 기지개를 켜는 느낌이라면, 골반을 중심으로 좌우로 기지개를 켜는 자세가 파리가 아사나라고 할 수 있습니다.

영어로는 'Gate pose(문 자세)'라고 불러요. 빗장 자세를 '문'에 빗대어 생각해보면, 이 자세를 할 때 늘어나는 옆면이 '열린 문'이라고 볼 수 있을 것 같아요. 또한 열린 문은 기분전환과 새로운 기회를 떠올리게 합니다. 빗장 자세에서 굽히고 조이는 몸의 반대편 측면을 '닫힌 문'이라고 할 수 있겠습니다. 닫힌 문은 나만의 시간, 프라이버시와 연관이 되네요.

몸의 한쪽 면이 부드럽게 이완되기 위해서는 반대쪽에서 안정적으로 받쳐주고 닫아주는 힘이 필요합니다. 외출 후에는 안에서 조용히 쉬며 에너지를 충전하는 시간이 필요한 것처럼 말이죠. 결국 두 가지 모두 '문'이며 그걸 열고 닫는 것은 나의 선택입니다.

먼저 무릎을 대고 서서 왼 다리를 옆으로 펴서 발과 무릎이 같은 선상에 오도록 합니다. 발끝은 완전히 왼쪽을 향하되, 발이 불편하거나 다리에 쥐가 날 것 같다면 발끝을 살짝 앞으로 틀어도 괜찮아요.

무릎에서부터 몸이 수직이 되도록 등과 허리를 세우고 숨을 마시며 양팔을 수평으로 펼쳤다가 내쉬는 숨에 상체를 왼쪽으로 기울입니다. 왼손으로 다리를 짚고 오른팔은 귀 옆에 뻗어서 숨과 함께 골반과 옆면의 자극을 느껴봅니다. 시선은 위에 두고 상체가 앞으로 숙여지거나 팔이 얼굴을 가리거나 엉덩이가 뒤로 빠지지 않도록 합니다.

동작에 여유가 있다면 조금 더 기울여 오른손을 왼손 위에 겹치거나 양손으로 왼발을 잡아봅니다. 그러나 자칫 왼 허벅지 근육이나 옆구리, 발바닥이나 발목 인대를 다칠 수 있으니 무리하지 마세요.

요가는 모양이 어떤지보다는 내 몸에 어떤 이로움을

주는가, 내 마음이 지금 여기 있는가가 더 중요하니까요. 파리가 아사나를 하며 느린 호흡과 함께 몸의 측면에 집중해 보세요. 어느새 쾌감이 느껴질 만큼 개운해질 거예요.

- 이미지: 열린 문, 닫힌 문
- 경험: 골반을 중심으로 몸의 측면을 늘이되 무리하지 않는다.
- 명상 포인트: 기분 전환, 새로운 기회, 나만의 시간

파리브르타° 수리야° 얀트라° 아사나 Parivrttasuryayantrasana, 스바르가° 드비자° 아사나 Svargadvijasana

(°파리브르타=회전하는, °수리야=태양, °얀트라=도형, °스바르가=극락, °드비자=두 번 태어나다)

: 컴퍼스 자세

파리브르타 수리야 얀트라 아사나

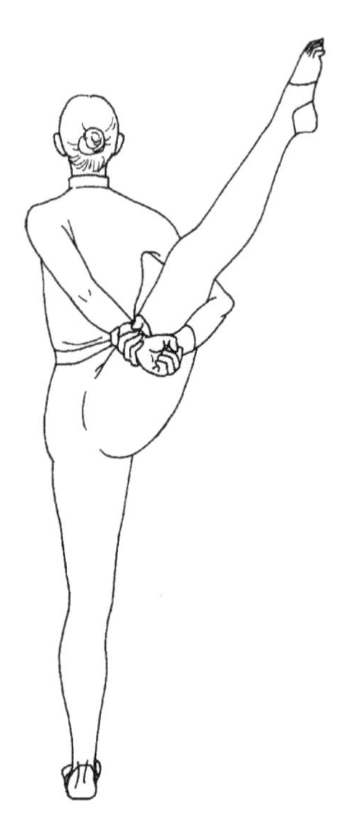

스바르가 드비자 아사나

이 자세는 곧게 뻗은 다리가 컴퍼스를 떠올리게 합니다. 영어로는 'Compass pose' 또는 'Sundial pose(해시계 자세)'라고 해요. 그리고 제가 볼 때는 지구본과도 좀 닮았습니다. 상체와 얼굴이 회전한다는 점과 발을 잡고 있는 팔과 지탱하는 다리 모양이 비슷해요.

어릴 때 지구본을 굴리며 가보지 않은 나라들을 손으로 짚어보던 일을 기억합니다. 초등학교 저학년 무렵, 훌쩍 외국으로 전학을 가는 상상을 자주 했습니다. 낯선 학교, 다양한 눈동자 색을 지닌 사람들 앞에서 자기소개를 하는 꿈을 꾸었습니다. 그리고 제가 떠나고 없는 교실에서 그 소식을 들은 반 친구들이 부러워하며 대화를 나누는 장면까지 꽤나 구체적으로 머릿속에 그렸습니다. 당시에는 전혀 그럴 수 있는 상황이 아니었는데도 불구하고 말이죠. 낯선 땅으로 가는 일은 생각만으로도 가슴이 두근거렸습니다.

그러나 어른이 된 지금은 설렘과 즐거움 못지않게 두려움과 권태가 느껴집니다. 짐을 챙기는 것이 귀찮아지고 비행기 안에서 고생할 허리, 다리, 소화기관이 걱정되고 소매치기나 테러, 날씨가 걱정되고 돌아올 때에는 일상으로의 복귀가 두려워집니다. 환상이 깨지는 건 조금 슬픈 일입니다. 하지만 크게 보면 인생도 여행이고 거기엔 결코 꽃길만 있는 게 아니니까요.

이 자세를 처음 하게 된다면 설렘보다는 어색함과 두려움이 앞설지도 몰라요. 모양부터 무언가 어려워 보이거든요. 컴퍼스 자세를 하기 위해서는 골반, 고관절, 다리 햄스트링, 몸 측면, 어깨 관절의 유연성과 더불어 적당한 팔의 근력과 상체를 비틀면서 바르게 펴는 힘이 필요합니다.

먼저 무릎을 좌우로 열고 양반다리를 하듯 편히 앉아서 시작합니다. 오른 무릎을 세우고 왼발 뒤꿈치는 몸쪽으로 당겨서 왼 허벅지를 바닥에 잘 내립니다(또는 왼 다리를 쭉 펴놓고 해도 됩니다). 오른발을 약간 들어 올려 오른팔을 무릎 아래로 뻗어서 손으로 엉덩이 옆 바닥을 짚습니다. 내린 손끝은 오른쪽을 향하고 팔꿈치로 오른 다리를 뒤로 밀어요. 왼손으로 오른발 바깥날을 잡고 오른 다리를 가능한 만큼 펴보아요.

이제 가능하면 머리와 상체를 왼팔과 오른 다리 사이로 내밀어봅니다. 흉추를 회전시켜 몸의 옆선을 오른 다리에 가까이 붙이며 왼 어깨를 뒤로 열어 상체가 앞으로 숙여지지 않게 하고 시선은 위를 봅니다. 오른 발끝을 당겨서 다리 뒷면을 시원하게 늘이고 자세를 유지해봅니다.

호흡하면서 왼쪽 옆구리가 늘어나는 동시에 오른쪽 옆구리가 조이는 느낌, 고관절, 골반이 열리며 올라간 다리 뒷면이 강하게 자극되는 느낌을 관찰합니다.

함께 해보면 도움이 되는 아사나로 파리브르타 자누 시르사 아사나(반 박쥐 자세), 파리가 아사나(빗장 자세), 우티타 하스타 파당구쉬타 아사나(서서 발 잡고 펴기 자세. 220쪽), 그 외 모든 비틀기 자세와 골반과 고관절을 유연하게 하는 자세들이 있습니다. 파리브르타 수리야 얀트라 아사나가 익숙해지면 모양은 좀 다르지만 비슷한 느낌의 서서 하는 '스바르가 드비자 아사나(극락조 자세. '극락조화'라는 식물을 닮았습니다)'도 시도해봅니다.

오지 않은 미래, 가지 않은 곳은 언제나 설레면서도 두렵게 느껴지며, 두려우면서도 설레게 합니다. 이 두 감정은 야누스의 두 얼굴처럼 붙어 다니며 우리를 기쁘게 하기도 하고 몇 가지 위험에 대비하게 만들기도 해요.

오늘도 설렘 반 긴장 반의 마음을 안고 바깥으로 한 걸음, 요가를 하며 내면으로 한 걸음 나아갑니다.

- 이미지: 컴퍼스, 지구본
- 경험: 지탱하고 있는 팔로 다리를 살짝 뒤로 밀어내고 먼저 손으로 발을 잡아서 가능한 만큼 무릎을 편다. 상체와 얼굴을 팔과 다리 사이로 내밀어 회전시키면서 측면과 다리 뒤쪽의 자극을 살펴본다.
- 명상 포인트: 설렘과 두려움

앉아서 기울기, 앉아서 비틀기

#척추운동 #소화가잘되는

앉아서 기울기

앉아서 비틀기

저는 장성한 아이 둘을 둔 엄마입니다. 직장 생활과 결혼 생활, 애들 육아와 교육으로 눈코 뜰 새 없는 시간을 보내다가 올해 막내가 대학을 졸업하고 이제야 조금 여유가 생긴 느낌입니다.

이웃 주민들을 모아 요가회를 만들고 강사님을 모시고 와서 요가를 시작했습니다. 요가회에는 다양한 분들이 계신데 엄마랑 딸이 같이 오기도 하고, 열 살 많은 언니들도 꾸준히 나오셔요. 서로 건강을 격려하고 편하게 얘기 나눌 수 있는 사람들이 있어서 기운이 나요.

내 몸을 일상에서 해보지 않은 방식으로 요리조리 움직이다 보면 한 시간이 금방 가요. 옷이나 신발도 오래 두면 좀이 슬고 못 쓰게 되는데 몸도 그렇게 되는 게 아닌가 싶어요. 그래서 오랫동안 본의 아니게 방치해온 근육, 관절들을 반짝반짝 새것처럼 닦아내고 망가진 곳은 수선하듯이 요가를 합니다. 그런데 평소 아픈 손목, 뻐근한 목이랑 허리 때문에 생각대로 안 될 때도 있고 균형을 잡는 자세에서는 다리가 부들부들 떨려서 벽을 짚고 하기도 해요. 새로운 동작을 하고 나면 다음 날 근육통에 고생할 때도 있습니다. 그래도 "무리하지 말고 호흡과 내 몸에 집중해보세요"라는 강사님의 말처럼 자꾸만 급해지는 마음을 붙들고 숨을 잘 쉬려고 해요.

그렇게 일 년 정도 하다 보니 주변에 달라지는 것들이 보입니다. 오십견이 나아진 사례도 많고, 최근에는 굽은 어깨랑 구부정한 자세가 오랫동안 고민이었는데 물고기 자세(마츠야 아사나)를 하고 등이 쫙 펴졌다면서 신이 난 분들도 있어요. 하지만 그렇게 드라마틱한 변화가 없더라도 숨을 깊게 쉬다 보면 마음이 편안해져서 좋습니다.

돌아보면 작년에는 이런저런 일이 많아서 이래저래 힘든 해였어요. 신경을 많이 쓴 탓인지 속이 늘 더부룩하고 소화도 안 됐어요. 검사해보니 만성위염이라고 하더라고요. 그래서 요가 동작 중에 기울기(측굴)랑 비틀기를 틈날 때마다 했습니다. 거실에 앉아서 잠깐이라도 하면 장기 운동이 원활해지면서 속이 풀리는 것 같아요. 기울기를 하면서 옆구리를 시원하게 펴고 비틀기를 할 때 척추를 쭉 폈더니 목이랑 허리가 뻐근한 증상도 많이 좋아졌습니다.

요가 시간에 자주 들었던 말이 "척추를 앞뒤로 움직이는 것만큼 좌우로 움직이는 것도 중요하다"는 거예요. 그래야 "척추를 지나는 몸의 신경들이 자극되어 튼튼해진다"고요. 뼈랑 근육은 시간이 지나면 회복이 되지만 신경은 회복이 어려우니까 예방 차원에서라도 매일 해야겠구나 싶었습니다. 주변에 아픈 사람이 하나둘 늘어나다 보니 '건강히

산다'는 게 얼마나 어려우면서도 소중한 일인지 새삼 깨닫게 돼요.

요가를 마치고 사바 아사나(송장 자세)에서 눈을 감으면 깜빡 잠에 들기도 합니다. 깨어나면 마치 사우나를 한 것처럼 개운하고 피부에도 생기가 돌아요. 오늘도 고생한 저를 위해 요가하러 갑니다.

* 영감을 준 분들- 용산자이 요가회, 고용노동청 요가회

6장。

관점을 뒤집어주고 머리 아픈 고민을 덜어주는 '역자세'

살람바° 사르반가° 아사나Salambasarvangasana, 니라람바° 사르반가 아사나Niralambasarvangasana

(°살람바=받치다/지탱하다, °사르반가=어깨, °니라람바=지탱하지 않음)

: 어깨서기, 촛대 자세

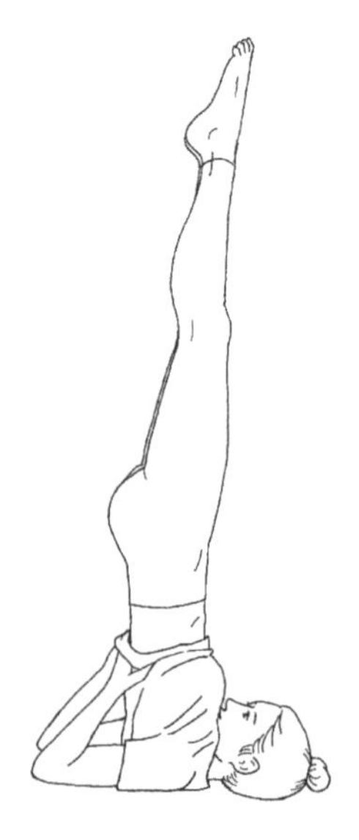

살람바 사르반가 아사나

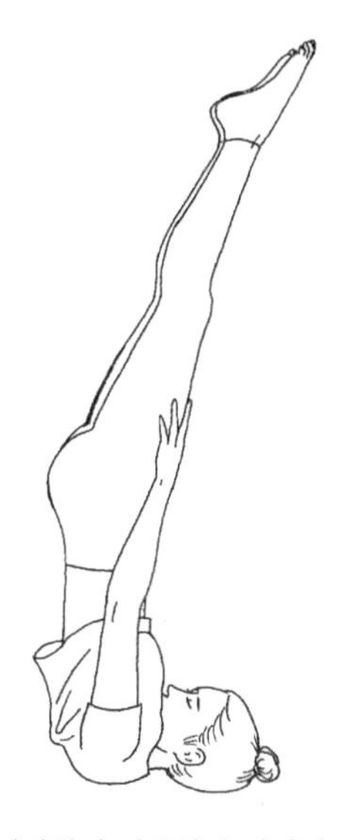

니라람바 사르반가 아사나

요가 수업을 들어보았다면 열에 아홉은 해보았을 어깨서기 또는 촛대 자세입니다.

제 생각에 살람바 사르반가 아사나가 수업에 자주 등장하는 이유는 크게 두 가지입니다. 하나, 요가 역자세 중에 비교적 초보자가 접근하기 쉽습니다. 눈으로 내 몸을 올려다보면서 할 수 있기에 안정감이 있고 균형 잡기도 수월하죠. 둘, 매일 할 만큼 몸에 좋기 때문입니다. 오래 앉거나 서 있어서 하체에 피로가 쌓이고, 눈과 팔, 손을 주로 움직여서 어깨와 목 뒷면이 자주 뭉치는 사람들, 즉 '대다수의 현대인'에게 필요한 동작이거든요. 또 스트레스 해소, 혈액순환, 림프순환, 신진대사 촉진 등 이로운 점이 매우 많습니다.

내 몸의 무게를 실어 어깨를 바닥에 꾹 눌러 마사지하는 건 상상만으로도 시원해요. 그런데 어깨서기를 처음 해보면 생각만큼 몸을 세우기 어렵고 어딘가 불편하고 목과 어깨가 아프기도 합니다. 그래도 괜찮습니다. 수련을 할수록 조금씩 요령이 생겨요. 거기서 얻는 즐거움과 성취감도 요가의 보상 중 하나입니다.

바닥에 등을 대고 누워서 두 발을 모아 발바닥을 천장을 향해 들어 올립니다. 그대로 몸을 세워 올려 바로 어깨서기를 하거나, 발을 머리 위 바닥에 내려 할라 아사나(쟁기 자세)를 한 후에 해도 좋습니다. 팔이 어깨너비 이상 벌어지지 않게 모으고 어깨와 팔꿈치로 바닥을 누르며 손으로 등을 받쳐 세웁니다. 초보자의 경우 또는 어깨서기를 하기에 불편한 경우 등 대신 허리나 골반을 받쳐도 됩니다. 이제 숨을 들이마시며 두 다리를 동시에 세워요. 등과 배의 힘으로 상체를 세워 쇄골이 턱 가까이 닿게 하고, 다리를 나란히 모아서 엉덩이와 다리 뒤쪽에 약간 긴장을 주며 하체를 쭉 뻗어 올려 유지합니다. 가능하면 발끝이 땅에서 수직이 되도록 하고 어깨와 팔로 바닥을 눌러 뒷목이 너무 눌리지 않도록 보호합니다. 이제 눈으로 발끝을 응시하며 척추를 타고 온몸에 이어지는 힘을 느낍니다.

이 자세가 익숙해지면 그대로 한 손씩 들어 올려 팔을 만세 하듯 바닥에 내리고 어깨로 균형을 잡아봅니다. 또는 할라 아사나에서 팔을 만세 하듯 바닥에 두고 몸을 들어 올려도 됩니다. 자세가 안정되면 팔을 들어 올려 다리 앞 또는 옆면에 붙이고 유지해봅니다. 이때 양 어깨로 바닥을 눌러 균형을 잡습니다.

어렵고 멋있는 요가 아사나는 많지만 어깨서기에 완전히 집중하는 순간, 그 사람은 세상에서 가장 멋진 존재입니다. 눈에서부터 거꾸로 세운 몸을 타고 쭉 뻗은 발끝까지 이어지는, 강인한 의지와 힘이 느껴지거든요.

- 이미지: 촛대, 어깨 마사지, 세상에서 가장 멋진 사람
- 경험: 팔이 어깨보다 벌어지지 않도록 모으고 팔꿈치와 어깨로 바닥을 눌러 뒷목을 보호한다. 양손으로 등을 받치고, 등과 배의 힘으로 상체를 들어서 두 다리는 서로 붙인 채 천장을 향해 뻗는다. 발끝을 보며 집중한다.
- 명상 포인트: 내 몸을 조절하려는 의지, 눈에서 발끝까지 이어지는 힘

살람바° 시르사° 아사나Salambasirsasana, 우르드바° 단다° 아사나Urdhvadandasana

(°살람바=받치다/지탱하다, °시르사=머리, °우르드바=위로 향한, °단다=막대기)

: 머리서기

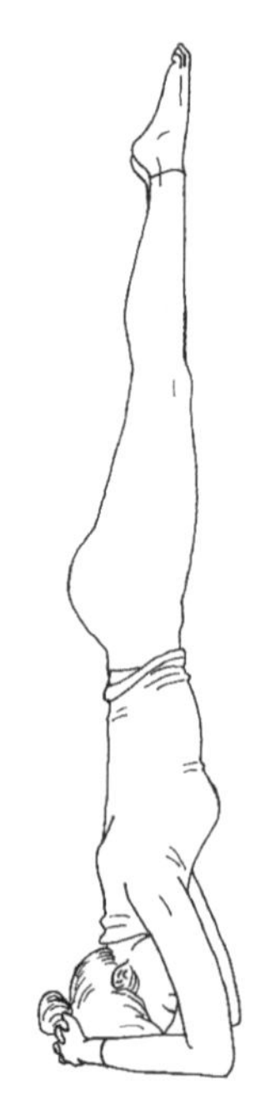

살람바 시르사 아사나

우르드바 단다 아사나

문득 콜럼버스 일화가 생각나네요. 달걀을 세우려고 한 부분을 깼다는 유명한 이야기죠. 제 생각에 머리서기는 달걀을 깨지 않고 세우는 것과 같습니다. 평소 하늘을 향한 머리와 땅을 디디고 있는 발을 뒤집어서 세우니까요. 시르사 아사나를 해보면 '내가 내 몸을 다루는 게 쉽지 않다'는 걸 느낍니다.

안타깝게도 저는 거꾸로 서는 동작엔 별로 재능이 없습니다. 전에 허리와 경추에 디스크 증세가 있었고, 그래서 의사 선생님의 권고대로 무거운 걸 드는 일을 피해왔습니다. 체형 자체도 상체보다는 하체가 튼튼한 타입이라 불리합니다. 그러다 보니 머리서기를 처음 접했을 때에는 실망을 넘어 절망을 느꼈습니다. 머리가 눌리고 목이 아팠습니다. 자칫 몸이 뒤로 굴러서 다칠까 봐 두려웠고 나중에 겨우 다리를 들어 올렸을 때에도 온몸이 갈대처럼 흔들거려서 무릎을 제대로 펴기 어려웠습니다. 저의 커다란 골반과 하체, 연약한 팔을 원망했습니다.

꾸준한 수련 끝에 지금은 한결 나아져서 변형 자세들도 할 수 있고 간혹 머리가 복잡할 때 자기 전에 잠옷을 입은 채 하기도 합니다. 잠깐 동작을 할 때에도 새로운 여정을 떠나는 것만 같은 기분이 듭니다. 머리를 움직인다는 건 그런 것 같아요.

아기 자세(발라 아사나)에서 발꿈치를 세우고 고개를 들어 양손으로 팔꿈치를 잡아봅니다. 그 너비를 유지하고 손깍지를 해서 손과 팔꿈치로 바닥을 지그시 누르며 머리 뒤쪽이 손바닥 안에 들어가도록 정수리를 바닥에 내립니다. 동시에 엉덩이와 무릎을 들어 올려 천천히 등을 펴서 상체 쪽으로 걸어옵니다. 상체를 거꾸로 곧게 세우고 지지하고 있는 위팔에 힘을 주어 겨드랑이와 연결되는 몸의 측면을 조여서 목에 실리는 체중이 분산되게 합니다. 이때 등이 둥글게 말린 모양이 되면 무게중심이 뒤로 쏠려 굴러갈 수 있으니 조심합니다. 얼굴 가까이 발을 가져와서 뒤꿈치를 들어봅니다. 거기서 괜찮으면 한 발씩 들어 올리거나 두 무릎을 굽혀 다리를 들어 올리거나 또는 쭉 편 채 바로 두 다리를 들어 올려도 됩니다.

저는 두 다리를 펴서 올리는 방식으로 처음 성공했고 요즘에는 무릎을 굽혀서 상체 모양을 유지하면서 서서히 올리는 방식으로 하고 있습니다. 어떤 방식이든 반동을 이용해서 확 넘기려 하면 균형을 잡기 어려우므로 몸을 통제하면서 천천히 움직이는 게 좋아요.

살람바 시르사 아사나를 한 후에 발라 아사나에서 손을 앞으로 보내 두 주먹으로 탑을 쌓고 그 위에 이마를 얹어 얼마간 휴식을 취한 후 사상가 아사나(토끼 자세)를 해서 척추의 긴장을 풀어주면 좋습니다. 저는 머리서기를 하기 전에도 사상가 아사나를 자주 해요. 경추 디스크 증세가 있었던 탓에 머리나 목을 움직일 때 최대한 조심하고 이완도 충분히 하는 편입니다. 또한 이후에 등을 대고 누워 할라 아사나(쟁기 자세), 살람바 사르반가 아사나(어깨서기)를 하면 머리서기로 눌린 경추 뒷부분을 그리고 우르드바 다누라 아사나(아치 자세)를 하면 목의 앞부분을 다시 펴주는 효과가 있습니다.

초보자의 경우 준비동작에서 얼굴 가까이 걸어와서 뒤꿈치만 들어 올린 채 머무르거나, 한쪽 발 앞꿈치는 바닥에 둔 채 한 발씩 들어 올려 유지하는 연습을 해봅니다. 상체를 곧게 펴는 힘이 어느 정도 생기면 두 무릎을 굽힌 상태에서 호흡합니다. 이 자세는 몸의 기반을 단단하게 만들어주기 때문에 상급자에게도 많은 도움을 줄 거예요.

살람바 시르사 아사나를 안정적으로 유지할 수 있다면 곧게 편 두 다리를 90도 가까이 내려 유지하는 '우르드바 단다 아사나'를 해봅니다. 그리고 다시 천천히 다리를 들어 올리며 머리서기 자세로 돌아갑니다. 다리를 내릴 때에는 복근을, 다리를 다시 세울 때에는 등의 힘을 써봅니다.

머리서기는 처음에는 많은 당혹감, 저항감, 어려움을 수반할 수 있습니다. 보통 직립보행을 하는 인간의 자세를 뒤집어서 마치 달걀을 세우듯 동그란 머리로 균형을 잡으려 하니 어쩌면 그건 당연합니다. 두려움과 어려움을 완전히 극복하기는 어렵지만 내적, 외적인 조건을 만들어볼 수는 있습니다. 안으로는 적절한 몸의 힘과 정렬 그리고 집중된 의식을 통해 조금씩 감을 익혀요. 그리고 밖으로는 반복하여 지속적인 수련을 합니다. 그러다 보면 어느 정도 원하는 바를 이룰 수 있을 거라고 생각해요.

머리가 복잡할 때, 고민이 있을 때, 새로운 아이디어가 필요할 때 머리서기를 합니다. 정수리에 자극이 느껴지고 온몸의 미세한 혈관과 근육들이 움직이면서 머리가 오랜 잠에서 깨어난 것처럼 선명해질 거예요. 달걀을 망가트리지 않고 세우듯이 조심조심, 뿌리를 하늘에 둔 나무가 된 듯이 신성하게 머리를 땅에 내리고 숨을 쉬어봅니다.

- 이미지: 아사나 중의 왕, 뿌리를 하늘에 둔 나무, 새로움
- 경험: 머리서기를 하기 전, 후에 발라 아사나와 사상가 아사나를 해서 척추의 긴장을 풀어준다. 팔꿈치와 옆구리 힘을 이용해 목이 너무 눌리지 않게 한다.
- 명상 포인트: 섬세함, 꾸준함, 관점과 발상의 전환

우르드바° 파드마° 아사나Urdhvapadmasana

(°우르드바=위로 향한, °파드마=연꽃)

: 위로 향한 연꽃 자세

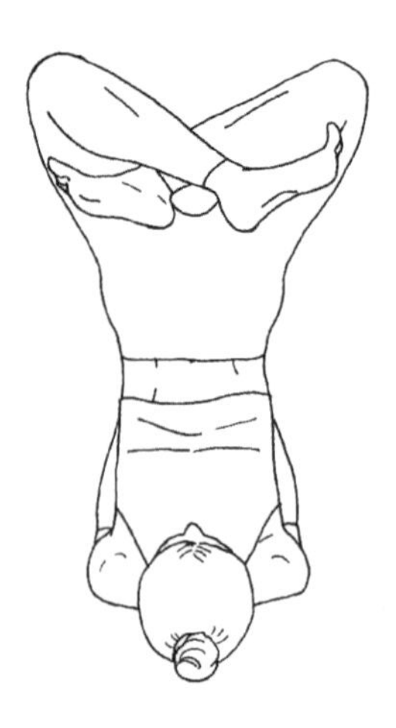

우르드바 파드마 아사나 1

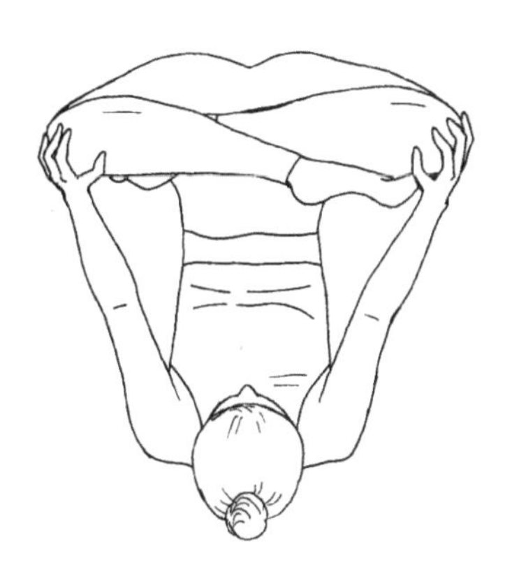

우르드바 파드마 아사나 2

위로 향한 연꽃 자세입니다. 연꽃 자세는 머리서기에서도 할 수 있으므로 이 자세는 정확히 말하면 '어깨서기에서의 위로 향한 연꽃 자세'입니다. 연꽃이 햇살을 만나 비로소 피어날 수 있도록 수면까지 줄기를 똑바로 올려 보낸다는 느낌으로 우르드바 파드마 아사나를 합니다.

살람바 사르반가 아사나(어깨서기) 후에 이 자세를 하고, 그다음에 할라 아사나(쟁기 자세)를 이어서 하면 흐름이 자연스러울 거예요. 파드마 아사나를 공중에서 하는 것이기 때문에 우선 앉아서 다리 모양이 몸에 익도록 합니다.

두 가지 아사나 중에 난이도를 고려하여 첫 번째 자세

를 먼저 해보고 두 번째 자세를 시도하는 게 좋습니다.

첫 번째 자세는 수면 위에 활짝 피어난 연꽃을 닮았습니다. 어깨서기에서 오른 다리를 굽혀 발목을 왼 허벅지 위로 올리고 왼발을 오른 다리에 올려 발과 발을 깊게 교차합니다. 손으로 등을 받치고 어깨로 바닥을 누르며 서서히 무릎을 천장을 향해 올립니다. 상체와 하체의 연결성을 유지하면서 몸을 수직으로 뻗어요. 발로 다리를 지그시 밀고 엉덩이에 힘을 주어 허벅다리, 종아리, 엉덩이 근육과 골반, 고관절, 하체 전반에 느껴지는 자극을 바라봅니다.

이 자세는 다리의 앞면과 뒷면을 동시에 늘여주고 마치 속근육을 마사지하듯 개운한 느낌을 줍니다. 비슷한 효과를 얻을 수 있는 자세로는 앉아서 파드마 아사나를 한 뒤에 양손으로 앞 바닥을 짚어서 완전히 엎드리는 방법이 있습니다. 거기서 양팔을 앞으로 뻗고 상체의 긴장을 풀고 내쉬는 숨마다 아랫배와 치골, 골반을 매트 가까이 붙이면 마찬가지로 하체 앞, 뒷면이 시원하게 늘어나는 것을 느낄 수 있습니다. 거기에 어깨서기의 이점을 더한 것이 첫 번째 자세라고 할 수 있어요.

두 번째 자세는 피어나기 직전의 연꽃을 닮았습니다.

줄기를 수면까지 뻗어 올리는 것처럼 척추를 곧게 세워봅니다. 몸이 앞이나 뒤로 넘어가지 않는 균형점을 찾아야 한다는 점에서 첫 번째 자세보다 더 어렵습니다. 첫 번째 자세에서 무릎을 얼굴 방향으로 내리고 손을 니라람바 사르반가 아사나처럼 머리 위로 뻗거나 또는 좌우로 팔꿈치를 굽혀 'ㄴ'자로 내려놓습니다. 이렇게 몸에서 손을 뗀 상태에서 접은 다리를 바닥과 수평으로 유지하며 상체는 수직에 가깝게 세워봅니다. 여기서 등을 둥글게 말면 다리가 자꾸만 얼굴 너머로 떨어지려 해서 균형을 유지하기가 쉽지 않습니다. 어깨서기를 할 때처럼 척추를 거꾸로 세우면서 준비가 되면 한 팔씩 들어서 양 어깨를 삼각대 다리인 듯 바닥에 콕 찍으며 손으로 무릎을 잡고 팔을 천천히 펴봅니다.

머리와 어깨로 바닥을 지탱하고 있는 것만 제외하면 상체와 다리의 모양은 등과 허리를 펴고 앉아서 파드마 아사나를 하는 것과 동일한 상태가 됩니다.

이리저리 흔들리며 데굴데굴 넘어가다가 드디어 이 아사나에서 안정감을 찾게 되면 무중력의 상태처럼 몸이 가벼워지며 시간이 느리게 흐르는 순간을 맛볼지도 모릅니다. 온갖 잡생각, 진흙탕을 걸러낸 맑은 물과 같은 마음으로 내 몸을 올려다보고 호흡을 고요하게 합니다.

⚘ 이미지: 수면 위 활짝 핀 연꽃, 피기 직전의 연꽃

⚘ 경험: 앉아서 파드마 아사나를 먼저한다. 첫 번째 자세에서 다리 앞, 뒷면을 늘이고 두 번째 자세에서 균형점을 찾는다.

⚘ 명상 포인트: 곧은 마음, 맑은 의식

에카° 파다° 비파리타° 단다° 아사나

Ekapadaviparitadandasana

(°에카=하나, °파다=발, °비파리타=거꾸로 된, °단다=막대)

: 위로 향한 한 발 막대기 자세

에카 파다 비파리타 단다 아사나 1

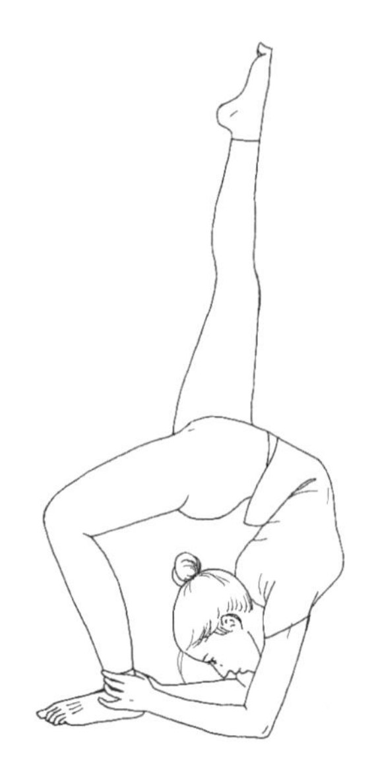

에카 파다 비파리타 단다 아사나 2

이 자세에는 두 가지 버전이 있습니다. 원래는 첫 번째 버전에 대해서만 다루려고 했습니다. 왜냐하면 두 번째 자세는 할 줄 몰랐거든요. 도전해본 적은 있었지만 매번 장렬하게 실패했습니다.

그러나 '직접 수련하고 경험한' 아사나를 그리고 쓰자고 다짐한 제가 두 가지 자세 중 하나만 다루는 건 스스로 용납되지 않았습니다. 이름을 검색해보면 첫 번째 자세(이

하 자세 1)보다 두 번째 자세(이하 자세 2)의 사진이 더 많이 눈에 띄는 것도 은근히 마음에 걸렸습니다.

전에 머리서기에서도 말씀드린 것처럼 저는 거꾸로 서는 것에는 재능이 없는 편입니다. 그렇기 때문에 자세 2를 도전하며 두려움이 컸지만, 그간 몸의 힘과 안정성을 높이는 자세(플랭크 등)를 자주 하고 후굴에서 척추의 유연성을 골고루 사용하는 방법을 스스로 연구해왔다는 걸 기억했습니다. 이전에 '장렬하게 실패'했던 시절의 저보다는 조금 나아졌다고 느꼈기에 한번 용기를 내보기로 했습니다.

그렇게 자세 2에 도전, 여차여차해서 한쪽 발목을 잡으려는데 배에서 천둥 치는 소리가 났습니다. 그 소리는 마치 어떤 경고음 같아서 발을 올리는 건 도저히 할 수 없었습니다. 얼굴에 피가 몰리며 땀이 비 오듯이 쏟아졌습니다. 그야말로 천둥번개를 동반한 강한 비바람이 온몸에 몰아치는 것 같았습니다. 이 자세의 완성된 모양은 왠지 촛불을 닮았습니다. 마치 폭풍 속에서 초를 켜려고 애를 쓰고 있다는 느낌이 들었습니다. 안 되겠다 싶어서 자세를 풀고 바닥에 등을 대고 누웠습니다. 그냥 포기할까 싶었습니다.

자세 2 도전 결과는 잠시 후에 말씀드리기로 하고 자세 1 먼저 보겠습니다.

자세 1에 접근하는 데에는 두 가지 방식이 있어요. 하나, 우르드바 다누라 아사나(아치 자세)에서 팔을 굽혀 머리를 내리고 팔꿈치를 내려 머리서기를 하듯 손깍지를 머리 뒤에 대고 합니다.

둘, 더 난이도가 있는 방법으로 머리서기에서 후굴을 하여 발이 바닥에 닿을 때까지 내려서 하는 방법이 있습니다. 가능하면 상체는 바닥에서 가파르게, 발은 머리로부터 멀리 보내서 나란히 모았다가 무릎을 편 다음 한 발을 들어 올립니다. 그러니까 'ㄴ' 모양으로 앉는 자세인 '막대기 자세(단다 아사나)'를 뒤집어서 한 발을 들어 올리는 자세입니다. 이런 뜻을 지닌 본래의 산스크리트어 의미에 더 가까운 동작이 자세 1이라고 할 수 있죠.

자세 2는 자세 1을 한 다음 거기서 연결해도 좋고 발을 딛고 선 상태에서 드롭백을 하여 접근하는 방식으로 해도 됩니다. 자세 1과 달리 바닥에서 '머리'를 들어 올려야 하므로 몸을 지탱하고 있는 면적이 상대적으로 줄어들게 됩니다. 이 아사나에서 실질적으로 바닥에 닿아 있는 부분은 '팔꿈치'와 '한쪽 발바닥'입니다. 한 발을 얼굴 가까이 가져와서 양손으로 발목을 잡은 채 다른 한 발을 들어 올림으로써 더 깊은 후굴을 요구하며, 더 강한 균형감각, 암발란스(Arm balance, 팔과 어깨의 힘으로 균형 잡기. 예: 플랭크) 힘을 필요로 합니다.

자세 2를 해보려다가 못한 아까의 상황으로 돌아가서, 가만히 천장을 보고 누워서 숨을 쉬는데 기진맥진할 줄 알았던 몸이 의외로 말짱했습니다. 이 자세를 책에 넣어야 한다는 강한 의지 때문인지 에너지가 솟는 듯한 기분이 들었습니다. 거기서 멈추면 너무 아쉬울 것 같았습니다.

"요가는 마음의 작용을 조절하는 것이다." 요가의 정의를 다시금 떠올리며, 실패에 대한 두려움을 줄이고 그 자리에 순수한 집중력을 채웠습니다. 요추에 비해 상대적으로 유연성이 부족했던 경추와 흉추를 앞으로 밀어내며 양손으로 왼 발목을 조심스럽게 움켜잡았습니다. 이번에는 속이 진정되었는지 아까처럼 배에서 소리가 나진 않았습니다. 팔과 등에 힘을 모으고 왼쪽 엉덩이를 조이며 몇 차례 시도 끝에 천천히 오른발을 공중으로 들어 올렸습니다. 그런데 이상한 기분이었습니다. 들어 올린 다리의 무게가 거의 느껴지지 않았습니다. 시원하고 가벼웠습니다. 팔꿈치와 발바닥, 머리와 골반의 위치 그리고 둥글게 젖힌 척추가 어떤 마법의 균형점이라도 찾은 것인지 몸이 제법 안정적이고 쾌적한 상태가 되었습니다. 거기에 머무르며 숨을 쉬었습니다. 아사나를 마무리하고 다시 아치 자세로 돌아가 컴업으로 몸을 일으켜 세우고 양손을 가슴 앞에 모은 채 눈을 감고 서 있었습니다.

2019년 5월 10일로 넘어가는 밤과 새벽의 시간, 다른 사람들에겐 별 의미 없어 보이는 일일지 몰라도 저에게는 마치 오래 전 골퍼 박세리 선수가 신발과 양말을 벗고 물에 들어가 공을 치던 바로 그 전설적인 모습을 보는 것만큼이나 가슴 벅찬 순간이었습니다.

그동안 만족스럽기보다는 불만족스러웠던, 특히 자세가 잘 되지 않으면 '비루한 몸뚱이'라는 표현이 입에 착 붙던 수련 시간을 떠올렸습니다. 요가를 만난 처음부터 지금까지 즐겁거나 힘들었던 모든 나날을 지나온 스스로가 대견했습니다. 나를 위한 축복과 고마움을 담아 초 하나를 켜듯이 촛불을 닮은 에카 파다 비파리타 단다 아사나를 합니다.

- 이미지: 폭풍우 속 촛불
- 경험: 자세 1은 무릎을 펴고 한 발을 올릴 때 팔꿈치가 바닥에서 밀리지 않게 균형을 잡는 것이 관건이다. 자세 2는 깊은 후굴과 충분한 암발란스가 필요하다.
- 명상 포인트: 축복, 자신에 대한 고마움

한 발 어깨서기, 돌고래 자세

#스트레스해소 #두뇌를깨우는

한 발 어깨서기는 에카 파다 사르반가 아사나라고 하며 에카(Eka)는 '하나', 파다(Pada)는 '발', 사르반가(Sarvanga)는 '어깨'라는 뜻입니다.

한 발 어깨서기

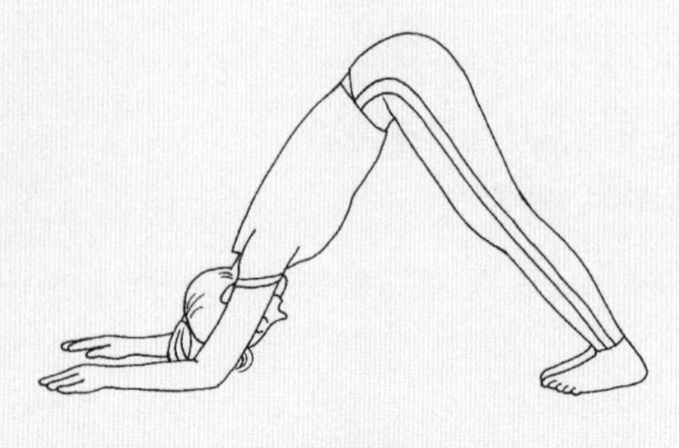

돌고래 자세

저는 사바 아사나(송장 자세)가 제일 좋고 그다음으로는 어깨서기를 좋아해요. 하루 종일 책상 앞에 구부정하게 있다 보니 어깨랑 목이 잘 뭉치거든요. 어깨서기를 하면 좀 풀리는 느낌이에요. 한 발 어깨서기는 한 발이 바닥에 있어서 더 쉬울 것 같아 보이는데 다리를 앞뒤로 많이 열어야 해서 은근히 어려워요. 이렇게 다리 스트레칭 효과도 있어서 시간이 없을 때 자기 전에 겸사겸사해요. 몸을 거꾸로 뒤집는 자세들은 꿀잠에도 좋다고 하는데 진짜인 것 같아요.

돌고래 자세도 어깨가 시원해서 자주 하는데 포인트가 달라요. 한 발 어깨서기가 체중으로 어깨를 눌러 마사지받는 느낌이라면 돌고래 자세는 중력을 이용해서 어깨를 활짝 열 수 있게 해줘요. 척추를 거꾸로 해서 그 사이사이가 늘어나는 효과도 있고, 엉덩이를 높이 들고 무릎을 쭉 펴면 다리 뒤쪽이 개운해지는 느낌이 좋아요. 아무래도 공부하느라 오래 앉아 있어서 그런가, 처음에는 아파서 무릎이 자꾸 굽혀졌는데 이제는 발뒤꿈치를 바닥에 내릴 수 있어요. 게다가 팔꿈치를 대고 버티다 보니 근력도 전보다 좋아졌어요. 바빠서 요가를 많이는 못 해도 몇 가지 간단한 자세라도 꾸준히 했더니 몸이 달라지고 컨디션이 좋아지는 게 참 신기해요. 더 힘을 길러서 다음번엔 머리서기에 도전해볼 거예요.

7장。 흩어진 마음을 모아주는 '균형 잡기'

브르크샤° 아사나Vrksasana

(°브르크샤=나무)

: 나무 자세

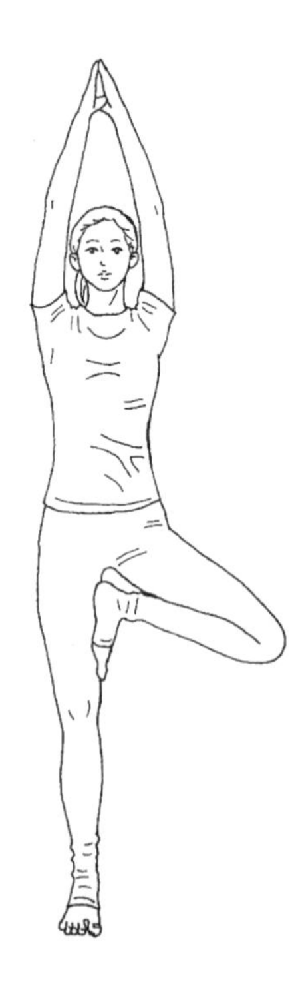

서서 하는 요가 자세 중 가장 먼저 떠오르는 나무 자세입니다. 나무를 생각하면 일단 마음이 편안해집니다. 계절의 변화에 따라 초록색, 노란색, 붉은색 옷을 입은 모습, 싱그러운 냄새가 나는 이파리와 꽃, 열매, 온갖 새들의 노랫소리가 숨어 있는 둥지, 바람에 일렁이는 가지와 단단한 뿌리, 이들이 가득 모여 있는 숲 같은 것이 그려지거든요.

그런 특성 때문인지 브릭샤 아사나는 한 발로 서서 균형을 잡는 자세임에도 불구하고 다른 서 있는 자세들에 비해 어딘가 모르게 안락한 느낌을 줍니다. '요가 자세는 안정되고 쾌적한 것'이라는 본래 의미를 새삼 되새기게 됩니다.

꽃이 피는 작은 나무, 길쭉한 모양의 나무, 수백 년간 그 자리에 있는 거대한 나무를 차례로 떠올려보니, 겹치는 부분이 있습니다. 모든 나무가 전에는 '씨앗'이었다는 사실이요. 정적인 것처럼 보이는 나무는 티끌만 한 씨앗에서부터 땅의 양분과 하늘의 비와 햇볕 그리고 지속적인 호흡을 통해 자라며 가지를 뻗어 나가는 동적인 존재입니다.

당장에 잘 보이진 않아도 사람도 각자 나무의 씨앗처럼 성장의 가능성을 지니고 있다고 생각합니다. 요가 수업을 하다 보면 '이번 생은 틀렸다'라며 일찌감치 포기하는 분들이 있어요. 그러나 정말로 해보지 않으면 알 수 없는 일입니다. 무리해서 하는 것이 아니라, 될 때까지 연습하는 것이 아니라, 동작의 완성에 대한 집착을 놓고 본인의 몸을 천천히 탐구하듯이 도전해보는 것입니다. 숨을 쉬며 온몸에 산소와 피를 보내고 긴장과 이완, 집중과 휴식을 반복하며 몸이라는 나무를 정성 들여 키워보는 거예요.

다리를 모으고 '타다 아사나(산 자세, 244쪽)'로 서서 오른발에 의식을 둡니다. 왼 다리를 들어 올려 무릎을 굽히고 손으로 발목을 잡아서 왼 발바닥을 오른 허벅지 안쪽에 밀착시킵니다. 뒤꿈치가 회음부에 가까워지게 합니다. 왼 무릎을 바깥으로 보내서 골반을 열고 양손은 수평으로 펼쳤다가 그대로 머리 위에서 합장합니다. 가슴 앞에서 합장하여 천장으로 뻗어 올려도 좋아요. 정면을 보고 자세가 안정되도록 균형을 잡으면서 호흡을 부드럽게 이어갑니다.

한 발로 서서도 몸과 마음의 평온을 느낄 수 있는 나무 자세를 합니다.

- 이미지: 나무
- 경험: 뒤꿈치는 회음부에 가까이 두고 무릎을 바깥으로 열고 양손은 위로 뻗어 나무처럼 고요하게 숨을 쉰다.
- 명상 포인트: 모든 나무는 씨앗이었다.

우티타° 트리코나° 아사나Utthitatrikonasana, 파리브르타° 트리코나 아사나Parivrittatrikonasana

(°우티타=쭉 뻗다/늘이다, °트리코나=삼각형, °파리브르타=회전하는)

: 삼각 자세, 회전 삼각 자세

우티타 트리코나 아사나

파리브르타 트리코나 아사나

시원하게 뚫린 길을 보면 어떠한 쾌감이 느껴집니다. 갑갑한 일이나 생각은 어느새 길 너머로 멀리 달아나죠. 삼각 자세와 회전 삼각 자세를 보면 그런 직선이 떠올라요. 팔과 다리가 개운하게 늘어나고 등과 허리도 길어집니다. 쭉쭉 뻗는 동작이라 키 크는 데 좋을 것 같아요. 이 두 아사나는 주로 같이하게 되는 짝꿍이라서 한꺼번에 다루었습니다.

요가를 해본 적이 있다면 익숙한 동작일지도 모릅니

다. 난이도가 높은 복잡하고 화려한 아사나를 수련하다 보면 몸의 기본적인 기능을 점검할 수 있는 삼각 자세의 필요성을 실감하게 됩니다. 팔다리를 쭉 뻗고 골반과 척추, 어깨의 움직임을 조절하여 몸을 정상으로 만들어주는 느낌이 들거든요.

개운하게 펼치는 동작인 만큼 직선의 이미지를 그리며 해봅니다. 팔과 다리의 신장도 중요하지만, 내쉴 때마다 아랫배를 등 쪽으로 당기며 상체도 정수리 방향으로 길게 늘여주세요. 유연성이나 근력보다는 '정렬'이 중요한 아사나입니다.

제대로 몸을 '컨트롤'하며 움직이지 않으면 상체가 숙여지고 엉덩뼈가 뒤로 튀어나오고 어깨와 목이 아플 수 있습니다. 어디에 힘을 주어야 하는지, 어디를 뻗어야 하는지, 균형이 맞는지 확인하며 퍼즐을 맞추듯이 합니다.

먼저 우티타 트리코나 아사나를 합니다. 발과 발을 골반 너비의 두 배 또는 조금 더 넓게(다리 길이에 따라서) 열어요. 왼발을 바깥으로 90도, 오른발을 안으로 60도 정도 틀고 뒤꿈치를 바닥에 딛고 골반은 정면을 보게 합니다. 마시는 숨에 양팔을 수평으로 하고 어깨는 약간 내립니다. 내쉬는 숨에 몸을 왼쪽으로 기울여 왼손으로 다리를 짚고 오른손은 천장을 향해 뻗어요. 팔을 좌우로 넓게 열어 가슴과 등을 펴고 고개를 돌려 오른손 끝을 봅니다. 골반이 바닥을 향하지 않도록 정면을 유지하면서 가능한 만큼 왼손으로 다리를 짚고 내려가다가 손끝으로 발 앞쪽이나 뒤쪽 땅을 짚습니다.

옆으로 많이 기울이는 것보다는 골반 정렬을 유지하는 것이 훨씬 중요합니다. 골반 왼쪽을 조이면서 반대편인 오른쪽을 들어 올려서 신장시킵니다. 발 전체로 바닥을 잘 누르고 무릎을 편 채 호흡합니다.

짝꿍 자세인 파리브르타 트리코나 아사나를 합니다. 다리 앞뒤 너비는 우티타 트리코나 아사나와 같고, 발과 발 좌우 너비는 골반 너비 정도로 해야 균형을 잡기 쉽습니다. 우티타 트리코나 아사나에서 숨을 마시고 내쉬면서 오른팔을 내리고 몸과 골반의 방향을 왼 다리 위로 틀어서 오른손으로 왼발 안쪽 바닥을 짚습니다. 양손으로 왼발 양옆 바닥을 짚고 상체가 왼 다리 위에서 바닥과 수평이 되게 합니다. 이때 골반은 바닥을 향해 있습니다. 오른쪽 골반은 조금 앞으로 밀고 왼쪽 골반은 약간 뒤로 보내 좌우 수평을 맞춥니다. 이제 오른손 끝으로 바닥을 누르며 상체를 왼쪽으로 회전시켜 왼팔을 천장으로 뻗어요. 왼 다리 바깥면이 신장되면서 자극됩니다. 상체는 정수리 방향으로 밀면서 척추를 곧게 펴고 올라간 팔은 뒤로 멀리 보내려고 하기보다는 그냥 양팔을 좌우로 넓게 펼칩니다. 자세가 편안하면 오른손으로 발 바깥쪽 땅을 짚어봅니다. 시선은 왼손 끝을 보며 유지해요.

기본으로 돌아가는 마음으로 단순하지만 정확하게, 삼각 자세를 합니다.

- 이미지: 삼각형, 직선
- 경험: 두 자세 모두 발과 발의 앞뒤 너비는 골반 너비의 두 배 또는 더 넓게, 파리브르타 트리코나 아사나에서 발과 발의 좌우 너비는 골반 너비 정도로 연다. 골반의 정렬을 맞춘다.
- 명상 포인트: 기본으로 돌아가다(Back to the basics).

우티타° 하스타° 파당구쉬타° 아사나

Utthitahastapadangusthasana

(°우티타=쭉 뻗다/늘이다, °하스타=손, °파당구쉬타: 파다=발+앙구쉬타=엄지발가락)

: 서서 발 잡고 펴기

왠지 고삐를 쥔 마부의 모습이 떠오르는 자세입니다. 고삐는 엄지발가락이고 마부는 그걸 잡고 있는 나 자신입니다. 튼튼한 말처럼 다리를 펴고 그걸 한 손으로 잡고 있는 모습이 늠름하게 느껴집니다.

이 아사나는 나무 자세인 브륵샤 아사나와 더불어 많이 알려진 선 자세 중 하나죠. 이름은 길지만 뜻은 꽤나 직관적입니다. 몇 가지 변형 동작을 이어서 할 수 있고 꼭 매트 위가 아니어도 어디서든 할 수 있다는 장점이 있어요.

서서 엄지발가락을 잡고 다리를 '앞으로' 펴는 것이 기본자세입니다. 안정적으로 해내려면 다리 뒷면과 연관된 햄스트링, 종아리, 발꿈치가 충분히 늘어나야 하며 상체를 바로 세울 수 있는 힘이 필요합니다. 그림처럼 다리를 바깥으로 여는 자세를 하려면 골반, 고관절의 유연성이 추가로 요구되고 허벅지 바깥쪽 근육인 외전근과 엉덩이 근육의 움직임이 잘 이루어져야 합니다.

아사나를 하기에 앞서 앉아서 다리 뒷면을 충분히 부드럽게 푸는 자누 시르사 아사나, 파스치모타나 아사나(앉은 전굴 자세), 파리브르타 자누 시르사 아사나(반 박쥐 자세) 등을 수련하면 좋습니다. 또한 균형감각과 집중력을 키우기 위해 브륵샤 아사나(나무 자세), 가루다 아사나(독수리 자세, 232쪽) 등 다른 선 자세를 함께하면 도움이 됩니다.

선 자세의 기본인 타다 아사나(산 자세)에서 잠시 머물다가 오른쪽 발바닥에 의식을 두고 서서히 체중을 옮깁니다. 발가락과 발 전체로 바닥을 누르고 왼 다리를 굽혀서 들어 올리고 왼손 엄지, 검지, 중지로 엄지발가락을 움켜쥔 후 서서히 왼 다리를 앞으로 펴봅니다. 오른손은 골반을 잡고 상체를 곧게 세우면서 왼 다리를 펴고 손과 발로 서로 적당히 당기는 힘을 줍니다. 자세가 안정되면 왼발을 바깥으로 보내 골반을 열고 시선은 오른편에 둡니다. 뻗은 팔과 다리에 흐르는 힘을 느끼고 어깨를 조금 내려 긴장을 완화합니다.

이 아사나는 마부처럼 매번 내 인생의 주인은 나라는 사실을 상기시켜줍니다. 살아가면서 주변의 조언이나 걱정에 감사할 때도 있지만 그게 지나치면 참견이 되고 상처가 되어 나를 괴롭게 하고 작아지게 만들기도 합니다. 나는 다른 사람의 기준에 맞추기 위해, 누군가의 자랑이 되기 위해 사는 게 아니니까요.

'내 인생은 나의 것'이에요. 자칫 휩쓸려가기 쉬운 삶 속에서 주체성을 찾듯이 우티타 하스타 파당구쉬타 아사나를 합니다.

- 이미지: 고삐를 쥔 마부
- 경험: 서서 다리를 앞으로 펴는 기본자세가 익숙해지면 발을 바깥으로 여는 변형 동작을 같이 한다. 발 전체로 바닥을 잘 딛고 팔과 다리를 팽팽하게 잡아당겨 유지한다.
- 명상 포인트: 주체성, 통제력, 내 인생은 나의 것

파리푸르나° 나바° 아사나Paripurnanavasana, 우바야° 파당구쉬타° 아사나Ubhayapadangushtasana

(°파리푸르나=완성, °나바=보트, °우바야=양쪽, °파당구쉬타: 파다=발+앙구쉬타=엄지발가락)

: 보트 자세

파리푸르나 나바 아사나

우바야 파당구쉬타 아사나

보트 자세입니다. 노가 있는 배를 닮았죠. 이 자세는 옆에서 보면 V자 같기도 합니다. 엉덩이를 중심으로 상체와 하체가 비스듬히 만나는 모양이니까요. 보트 자세를 하면 균형에 대해 생각하게 됩니다. 우리 몸은 많이 움직이면 피로가 쌓여서 아프고, 한 자세로 오래 있으면 굳어서 아픕니다. 그래서 움직임과 멈춤 사이에도 적당한 균형이 필요해요.

앉아서 몸을 앞으로 숙이는 전굴 자세가 잘 되더라도 보트 자세는 쉽지 않을지 몰라요. 엉덩이로 몸을 지탱하면서 상체를 세우고 무거운 허벅지를 들어 올리는 힘이 있어야 하거든요.

등을 너무 굽히면 뒤로 넘어가고 다리를 충분히 들어 올리지 못하면 발이 다시 바닥에 닿습니다. 피곤하거나 기운이 없는 날 하면 몸이 부들부들 떨리기도 하고 접힌 다리가 도저히 펴지지 않기도 합니다.

그래도 상체와 하체가 줄다리기하듯 힘을 조절하며 마음을 모으면 희열이 느껴지고 내가 한층 건강하게 거듭난 것 같은 기분이 듭니다. 그래서 그런지 수업 시간에 보트 자세를 하면 대부분 힘들어하면서도 숨을 크게 쉬며 끝까지 버텨내는 모습이 자주 보입니다.

먼저 무릎을 세우고 앉아서 두 다리를 나란히 붙입니다. 상체가 뒤로 구부정해지지 않도록 등과 배에 힘을 주고 바르게 앉아 턱 끝을 당겨봅니다. 팔은 앞으로 나란히 뻗고 어깨는 부드럽게 내려요. 이제 엉덩이에 의식을 두고 상체를 뒤로 조금 기대듯 기울이며 발끝을 띄우세요. 무릎을 90도 정도 굽히고 유지하다가 안정되면 다리를 폅니다. 가능하면 발끝이 얼굴보다 위에 위치하도록 해봅니다.

파리푸르나 나바 아사나와 비슷한 우바야 파당구쉬타 아사나도 같이 연습하면 좋아요. 손가락으로 엄지발가락을 잡고 유지하는 자세로, 보트 자세보다는 상체의 힘이 덜 들어가고 다리 뒷면을 더 쭉 펴는 효과가 있습니다.

지치는 날에는 쉬어가고 둔한 날에는 움직이면서 건강하게 노를 저어 나가요. 오래 멈춰 있다가 엉뚱한 곳에 쓸려가지 않도록, 그렇다고 무리하다 노가 망가지지 않도록 합니다. 나만의 배를 띄우듯 보트 자세를 합니다.

- 이미지: 보트, V자
- 경험: 엉덩이로 몸을 지탱하며 상체와 하체가 줄다리기하듯이 균형을 잡는다.
- 명상 포인트: 움직임과 멈춤의 균형, 건강하게 노를 저어 나가는 법

바시스타° 아사나Vasisthasana

(°바시스타=옛 현인의 이름)

: 옆 널빤지 자세, 사이드 플랭크

바시스타 아사나 1

바시스타 아사나 2

솔직히 말해서 바시스타 아사나는 한동안 하지 못했습니다. 2018년에 발을 다친 이후로 가뭄에 콩 나듯 했어요. 이 자세를 지탱하려면 은근히 발과 발목이 탄탄해야 하거든요. 그러나 이 힘겨우면서도 멋진 아사나는 다른 아사나로는 얻을 수 없는 종류의 성취감과 근력이 강화되는 느낌을 줍니다. 그래서 그런지 요즘에는 이 자세에 은근 중독(?)이 되어 집에서 혼자 요가를 할 때면 이틀에 한 번꼴로 꼭 하게 되었어요.

대체로 극상의 근력과 균형감각을 요구하는 여러 '현

인' 자세들 중에서 그나마 접근이 쉬운 아사나라고 생각합니다. 이삿날 대청소 같다고나 할까요. 코가 먼지에 예민해서 청소를 기피하지만(?) 막상 깨끗하게 청소를 마치고 나면 상쾌하고 뿌듯합니다. 또 열심히 치우다 보면 추억의 물건이나 사진, 편지를 찾아내기도 합니다. 존재조차 잊고 있던 저의 어린 시절을 일기장에서 발견하기도 해요. 내가 기억하는 좋은 날뿐만 아니라 망각한 수많은 보통의 날들이 모여 지금의 내가 되었다며, 그 흔적들이 말을 걸어옵니다.

바시스타를 하면 쉬고 있던 팔이나 손바닥, 몸의 측면 근육 등이 강하게 자극됩니다. 또한 한쪽 손바닥과 한쪽 발 바깥날로 무게를 버티고 균형을 잡으면 흩어져 있던 마음이 단번에 몸으로 끌어당겨지는 느낌이 들어요. 그 순간에는 다른 생각이 끼어들 틈이 없거든요.

먼저 하이 플랭크 자세로 시작합니다. 오른 손바닥과 오른발 바깥날에 의식을 두고 왼 다리를 오른 다리 뒤로 넘겨 왼발 안쪽 날을 오른발 옆에 내려놓습니다. 이와 동시에 몸의 방향을 완전히 왼쪽으로 틀어 왼팔을 수직으로 들어 올립니다. 시선은 왼손 끝을 따라가고 지지하고 있는 오른팔을 미세하게 굽혀 관절에 무리가 가지 않게 합니다. 오른쪽 옆구리와 골반을 천장 방향으로 잡아당기듯이 조이면서 들어 올리는 힘을 씁니다. 자세가 안정되면 왼발을 오른발 위에 나란히 겹쳐 놓습니다. 또는 반대쪽 팔을 천장으로 뻗지 않고 그냥 몸 옆면에 얹은 채, 정면을 보고 유지해도 됩니다. 이때는 골반을 너무 하늘로 들어 올리기보다는 몸 전체를 평평하게 합니다.

이 자세에서 여유가 되면 왼발을 들어 올려 왼손으로 엄지발가락을 잡고 다리를 공중에서 펴봅니다. 가능하면 양팔이 바닥과 수직에 가까운 모양이 되게 합니다. 만일 여기서 다리를 펴는 게 어렵다면, 같이 수련해볼 만한 자세로 서서 한쪽 발을 잡고 펴는 우티타 하스타 파당구쉬타 아사나가 있습니다.

의지를 다지고 싶거나 집중력을 끌어올리고 싶다면 바시스타 아사나를 해보세요. 정신이 또렷해지는 것은 물론, 청소하며 잊힌 보물을 찾듯이 잠들어 있던 근육들을 하나하나 느끼게 될 거예요.

- 이미지: 이삿날 대청소
- 경험: 지지하는 팔은 조금 굽히고 자세가 안정되면 두 발을 나란히 겹치고 유지한다.
- 명상 포인트: 집중력, 잊힌 근육에 대한 고찰

가루다° 아사나Garudasana

(°가루다=독수리 모습에 가까운 인도 신화 속 새 이름. 황금빛이 난다고 하여 '금시조' 또는 '새의 왕'이라고도 한다.)

: 독수리 자세

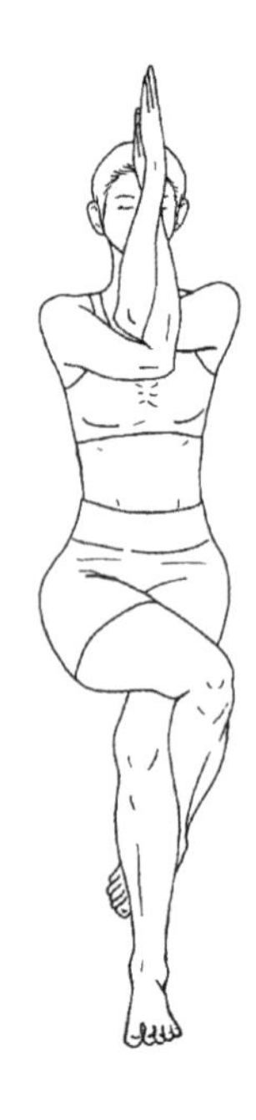

이 자세에 대해 글을 쓰면서 독수리 사진을 찾아보았습니다. 이제까지는 별다른 생각이 없다가 깨달았습니다. 독수리가 얼마나 멋지고 근사한 새인지를요.

망토 같기도 하고 철로 만든 갑옷 같기도 한 커다란 날개를 몸에 확 감고서 한 발로 나무 꼭대기를 단단히 움켜쥐고 서서 모든 것을 내려다보는 모습. 사자의 갈기 같은 목 주변의 깃, 흔들림 없는 눈빛과 마치 콧날 같이 길고 아래로 뾰족한 앙다문 부리. 그 모든 것이 독수리가 수리류 중 가장 크고 강하다는 배경지식이 없더라도 이 새에게 반하게끔 하기에 충분했습니다.

동작의 이름에서도, 모양에서도 카리스마를 뿜어내는 이 자세는 서서 하는 많은 요가 동작 중에서 제가 애정하는 아사나입니다. 무언가 묵직한 안정감과 힘을 주거든요.

다리를 교차한 모습이 앉아서 하는 동작 중에 고무카 아사나(소머리 자세)와 닮았죠. 둘 다 다리 바깥선을 이완시키고 좌골신경에 좋다는 공통점이 있습니다. 생각해보면 일상생활 중에는 다리 바깥쪽을 늘일 일이 별로 없습니다. 책상다리를 하거나 의자에 앉아 있거나 서 있거나 걸을 때에도 그래요. 쓰지 않는 부분은 아무래도 근육이 약해지거나 굳을 수 있습니다. 그러므로 가루다 아사나, 파리푸르나 나바 아사나(보트 자세), 세투 반다 사르반가 아사나(교각 자세) 등의 요가 자세를 통해 튼튼이 두 다리를 안으로 모아 줄 필요가 있어요. 오래오래 건강하게 걸을 수 있도록요.

무릎을 조금 굽히고 다리를 두 번 교차해서 안으로 모으되, 어려우면 허벅지만 교차해 발을 다리 옆면에 밀착합니다. 지지하고 있는 발은 발가락까지 넓게 벌리고, 골반이 한쪽으로 틀어지지 않도록 정렬합니다. 올라간 다리와 반대쪽 팔이 위에 있도록 두 팔을 교차하고 상체를 세웁니다.

'나는 시방 위험한 짐승… 독수리이다("나는 시방 위험한 짐승…" - 김춘수의 시 〈꽃을 위한 서시〉 인용).'

독수리의 강한 발과 부리를 떠올려봅니다. 나를 방어하듯이 힘을 모아 자세를 단단히 만들어봐요. 비행 전에 나무 꼭대기에 선 독수리처럼, 높이 그리고 멀리 날기 위한 준비를 하듯 아사나에 집중하며 호흡합니다. 상체는 세우는 것이 기본이지만 팔꿈치가 허벅지에 닿도록 앞으로 굽혔다 펴도 됩니다.

- 이미지: 독수리, 새의 왕, 금시조
- 경험: 다리와 팔을 교차하고 골반이 틀어지지 않게 정렬한 채 유지한다.
- 명상 포인트: 방어, 날기 위한 준비

아르다° 찬드라° 아사나Ardhachandrasana, 아르다 찬드라 차파° 아사나Ardhachandrachapasana

(°아르다=반, °찬드라=달, °차파=활)

: 반달 자세

아르다 찬드라 아사나

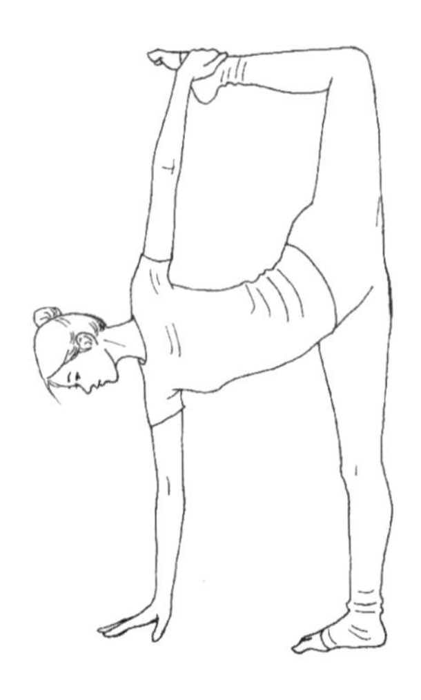

아르다 찬드라 차파 아사나

반달 자세와 그 변형 동작입니다. 직접 빛을 발하지 않고 태양에서 반사된 빛을 은은하게 보여주는 달, 그중에서도 반은 어둠 속에 있어 더 신비한 반달의 이름을 가진 자세입니다. 달빛의 속성처럼 이 자세는 발과 종아리, 허벅지, 엉덩이를 아우르는 하체의 상태를 자세를 통해 드러나게 합니다.

다리를 다친 적이 있는 사람에게 좋다고 알려져 있는데 허벅지와 아킬레스건, 발목 등에 부상을 겪은 저에게는 그래서 더 힘들고 꺼려지는 자세였습니다. 신체의 앞뒤 무게중심을 잘 맞추어야 하는데 골반 불균형과 무거운 엉덩이 때문에 더욱 어려웠습니다. 한쪽은 그럭저럭 되는데 다른 한쪽에서 영 균형이 잡히지 않았습니다. 손이 바닥에 채 닿기도 전에 휘청거리기를 여러 번, 수개월 동안 아예 찾지 않는 아사나가 되었습니다. 상관없다고 생각했어요. 요가 아사나는 많으니까요. 그렇게 외면하던 반달 자세를 오랜만에 다시 마주했습니다. 반은 이 글을 쓰기 위해서, 반은 내 다리가 얼마만큼 회복이 되었는지 확인해보기 위해서였습니다.

선 자세에서 오른발을 바깥으로 90도 틀어 놓고 상체를 오른쪽으로 기울이며 무릎을 굽혀 오른손을 몸통 길이만큼 떨어진 곳에 수직으로 내립니다. 만일 손이 바닥에 닿지 않는다면 의자를 두거나 책을 쌓아놓고 짚어도 좋아요. 시선은 바닥을 보고 숨을 마시며 오른 무릎을 폄과 동시에 왼 다리를 몸과 수평이 되도록 들어 올립니다. 왼손은 골반을 잡거나 천장으로 뻗고, 흉추는 완전히 정면을 향하게 합니다. 엉덩이와 다리, 발끝까지 이어지는 힘을 느끼며 균형을 잡습니다. 여유가 있으면 위를 봐도 됩니다.

기본자세가 익숙해지면 아르다 찬드라 차파 아사나를 해봅니다. 왼 다리를 굽혀 왼손으로 발을 잡고 가슴을 연 채로 유지하거나 무릎을 더 들어 올려 팔이 팽팽해지게 만들며 발을 지그시 당겨봅니다. 골반과 고관절, 엉덩이 근육이 더 강하게 자극됩니다.

다행히도 변화가 있었습니다. 좌우 동작의 차이가 전에 비해서 많이 줄었어요. 왜 그런지 곰곰이 생각해보았습니다. 아마도 첫째로 그간 요가 수련에서 파리브르타 자누 시르사 아사나(반 박쥐 자세), 에카 파다 라자 카포타 아사나(한 발 왕 비둘기 자세), 고무카 아사나(소머리 자세), 아도 무카 스바나 아사나(다운독) 한 발 들기 등에서 골반과 고관절을 교정하려고 기울인 노력이 어느 정도 효과가 있었던 것 같아요. 둘째로는 다음에 소개할 나타라자 아사나(춤의 왕 자세), 드롭백 & 컴업을 자주 연습하고 바시스타 아사나(옆 널빤지 자세)를 종종 연습해 하체와 몸 전반의 힘이 강화된 덕분이라고 생각해요.

저는 여전히 이 아사나가 쉽지 않습니다. 나아지긴 했지만 단지 전보다 덜 불편해진 것일 뿐입니다. 그래도 하체의 기능을 점검해보면서 반달 자세를 조금은 좋아하게 되었습니다. 그걸로 충분하다고 생각해요.

그림을 그리면서 이 아사나의 어디가 반달을 닮았는지 살펴보았어요. 그냥 보았을 때는 안 보여서요. 골반을 중심으로 편 다리와 지탱하고 있는 다리, 머리를 둥글게 이어 보니 반달 모양이 나왔습니다(유레카!).

이 자세가 어떻게 다리에 도움이 되는지는 반달 자세만 해서는 알기 어렵습니다. 달을 보기 위해 태양이 필요하듯 다른 여러 아사나들로 하체의 균형과 힘을 찾아야 해요. 그러면 비로소 구름이 걷히고 나타나는 달의 표면을 볼 수 있을 거예요.

외면해온 아사나가 있다면 오랜만에 시도해봅니다. 의외의 면을 만날 수도 있고 무언가 달라져 있을지도 몰라요. 어둠 속에 있던 달의 반쪽이 시간이 지나면 보름달로 환히 빛나는 것처럼 변하지 않는 건 없다는 마음으로요.

- 이미지: 반달
- 경험: 필요하면 의자, 책 등을 손 아래에 두고 한다. 자세가 어렵게 느껴지면 다른 아사나들을 통해 하체의 힘을 더 기른다.
- 명상 포인트: 달의 속성, 변하지 않는 것은 없다.

나타라자° 아사나 Natarajasana

(°나타라자=인도 신화에서 죽음의 신 '시바 신'의 다른 이름으로 '춤의 왕(신)'이라는 뜻)

: 춤의 왕(신) 자세

나타라자 아사나 1

나타라자 아사나 2

아름다움의 대명사와도 같은 춤의 신 자세입니다. 여기서의 아름다움은 스러질 것 같은, 팔랑팔랑한 꽃잎처럼 연약한 아름다움이 아닙니다. 몸의 한계를 시험하는 유연성과 그걸 지탱해줄 근력과 건강한 뼈, 무엇보다도 균형을 잡고 집중할 수 있는 강한 정신력이 있어야 하거든요.

어떻게 보면 요가를 할 수 있다는 것은 축복입니다. 손끝부터 발가락까지 우리 몸의 어느 한 부분도 소외되거나 희생되지 않고 함께 좋아지게끔 하니까요.

전신이 강화되는 자세 중 하나가 바로 나타라자 아사나입니다. 지지하고 있는 발목에서부터 다리, 엉덩이, 등, 허리, 어깨, 팔, 복부까지 골고루 쓰이면서 튼튼하고 유연하게 만들거든요. 이 자세는 선 자세이기 때문에 어디에서든 매트 없이도 할 수 있다는 장점이 있어요.

기본 선 자세(타다 아사나)에서 시작합니다. 오른발에 의식을 두고 왼 무릎을 굽혀 왼손으로 발날이나 발목을 잡습니다. 몸을 앞으로 기울임과 동시에 다리를 뒤로 높이 들어 올립니다. 충분히 호흡하며 왼 다리 앞쪽, 장요근, 상체 앞면을 늘어나게 합니다. 오른팔은 앞으로 쭉 뻗어서 한 군데에 시선을 두고 마음을 모아봅니다.

이 자세가 편안해지면 잠시 손을 뗐다가 왼 어깨를 회전시켜 팔꿈치가 위를 향하게 하고 가능하면 양손으로 발날이나 발목을 잡습니다. 다리를 더 높이 들어 올리고 상체를 펴봅니다. 흉추를 앞으로 내밀고 왼쪽 엉덩이에 살짝 긴장을 주고, 오른발과 다리의 힘으로 몸을 단단히 지탱합니다.

이 어려운 자세에서 호흡을 몇 번 하다 보면 팔다리가 강해지는 느낌과 함께 가슴이 열려 상쾌한 느낌이 들 거예요.

무아시경에 빠진 무용수처럼, 마치 춤의 신이 된 것처럼 요가를 해보세요.

'나는 아름답다. 나는 자유롭다.'

- 이미지: 춤의 왕(신)
- 경험: 먼저 기본자세에서 충분히 호흡하며 올린 다리 앞면과 장요근, 상체 앞면을 늘인다. 손은 앞으로 뻗고 한 군데에 시선을 집중한다. 익숙해지면 어깨를 회전시켜 양손으로 발이나 다리를 잡고 더 깊이 가본다.
- 명상 포인트: 나는 아름답고 자유롭다.

산 자세, 전사 자세 1, 2

#키가쭉쭉 #아이언맨

산 자세는 타다 아사나, 사마 스티티라고 불리기도 합니다. 타다(Tada)는 '산', 사마(Sama)는 '곧게 선', 스티티(Sthiti)는 '고요하게 바르게 선 자세'를 뜻합니다. 전사 자세는 비라바드라 아사나라고도 불립니다.

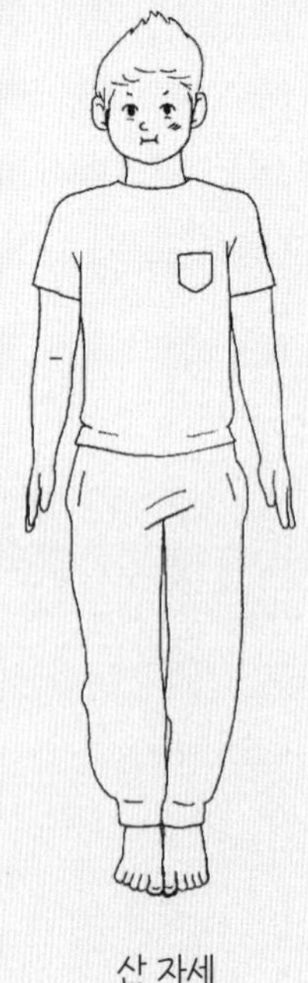

산 자세

전사 자세 1

전사 자세 2

제가 제일 좋아하는 '아이언맨' 자세가 산 자세예요. 영화 〈아이언맨〉에서 비행할 때 자세랑 비슷해요. 손바닥의 위치만 좀 달라요. 똑바로 서 있으면 몸이 바르게 자란다고 해서 하긴 하는데 차렷 자세처럼 오래 하긴 싫어요. 이걸 참아내고 마지막에 아이언맨 아저씨처럼 손바닥에 힘을 주는데 아직 장비가 없어서 그런지 날지는 못해요. 어른이 되면 날 수 있을 거예요! ^^

엄마는 전사 자세 1을 하면 키가 큰다고 하세요. 팔을 위로 쭉쭉하고 다리를 앞뒤로 쭉쭉하고~ 쭉쭉이를 많이 해서 키가 많이 크면 좋겠어요.

참, 오늘은 축구 시합이 있어요. 저는 수비수예요. 아빠는 항상 축구하기 전에 전사 자세 2를 하래요. 몸을 풀어야 안 다친다고. 정말 이 자세를 하면 축구가 더 잘 되는 것 같아요. 저번에는 경기 마지막에 한 골을 막았거든요. 옆 반 친구가 슈팅한 걸 제가 몸을 날려 엉덩이에 탕 튀겨서 다른 데로 갔어요. 우리 반 친구들이 잘했다고 해서 기분이 최고였어요. 오늘도 이 자세로 몸을 풀고 나서 한 골 막을래요~

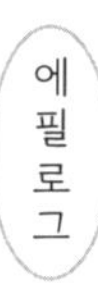

그리고 요가는 계속된다

사바° 아사나Savasana

(°사바=송장)

: 송장 자세

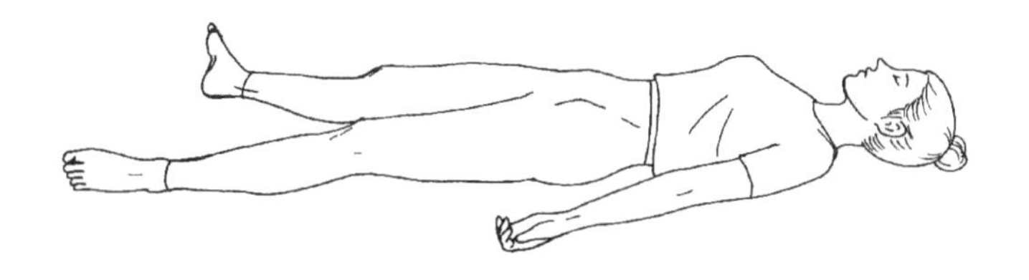

이 자세는 '므리타 아사나(Mrtasana)'라고 부르기도 합니다. '므리타'는 죽음을 의미합니다.

죽음을 생각해보면 슬프기도 하고 두렵기도 하지만 '아쉽다'는 생각이 듭니다. 만일 사랑하는 사람이라면 조금 더 같이 시간을 보내지 못해서 그때 더 따스하게 대하지 못해서 그리고 이제는 볼 수 없다는 사실이 너무 아쉬울 것 같습니다. 만일 그게 나라면 아직 꿈을 이루지 못해서, 사랑하는 사람들에게 마지막 인사를 제대로 하지 못해서 아쉬울 것 같습니다.

한편으로 죽음은 휴식이라고 볼 수 있으며 몸에 '완전한 이완'을 선사합니다. '강한 긴장'과 반대의 개념이죠. 사바 아사나는 송장 자세라는 이름 뜻처럼 완전한 이완을 추구하는데, 느낌을 알기 어렵다면 반대로 몸에 강한 긴장을 주는 것이 하나의 방법입니다. 누워서 주먹을 꽉 쥐었다가 풀고, 어깨를 움츠렸다가 풀고, 배에 힘을 주었다가 풀고, 엉덩이에 힘을 주었다 푸는 식으로 몸의 각 부분에 차례로 힘을 주고 풀어보는 것입니다.

매트 위에 바르게 누워서 양발을 골반 너비 또는 조금 더 넓게 만들고 발끝을 바깥으로 툭 열어둡니다. 양손은 골반에서 한 뼘 정도 떨어진 곳에 손등을 툭 내려놓고 가슴을 펴서 어깨도 내려놓습니다. 고개를 살짝 들어 몸의 좌우대칭이 맞는지 확인하고 머리를 편히 내리고 턱, 미간, 손끝, 발끝까지 긴장을 풀어줍니다.

수업하다 보면 간혹 사바 아사나에서 사람들이 깜빡 잠이 드는 일도 있는데 그만큼 수업에 열심히 참여했거나, 그날 특별히 피곤했거나 해서 이완이 수면을 유도할 만큼 되었다는 것이겠죠. 하지만 엄밀히 말해서 사바 아사나는 자는 자세는 아닙니다. 고요하고 편안하되 의식은 깨어 있어야 합니다.

만일 '마음'이 완전한 이완을 할 수 있다면, 아마 그것은 삶에 대한 모든 집착에서 벗어난 상태일 것입니다. 물질에 대한 욕망과 성공에 대한 갈망과 사람에 대한 애착, 무겁고 끈끈한 그 모든 것들을 내려놓은 마음은 얼마나 가벼울까요. 아마도 자유로울 것 같습니다.

고령화 시대인 요즘엔 '웰빙'을 넘어 '웰다잉'이 이슈가 되고 있지만 실은 아주 오래전부터 사람들은 삶과 죽음, 죽음 이후에 대해 고민해왔습니다. 다양한 종교를 비롯해 철학, 명상 등이 그 흔적이죠.

죽음이 곧바로 자유가 된다고 보기는 어렵지만, 명상적 측면에서 사바 아사나를 하며 완전한 자유를 떠올리는 것은 나쁘지 않을 것 같습니다.

요가 수련 끝에 기꺼운 마음으로 사바 아사나에 들어가듯이, 삶의 끝에 평온하고 안정된 마음으로 언젠가는 죽음을 받아들일 수 있기를 바라봅니다.

- 이미지: 송장, 죽음
- 경험: 바르게 누워 온몸의 긴장을 푼다. 이완이 어렵다면 반대로 몸의 각 부분에 힘을 주었다가 푸는 것도 좋은 방법이다.
- 명상 포인트: 완전한 자유

* 수업, 워크숍, SNS에서 실제 제가 받은 질문들로 구성했습니다.

1. 홈요가에 대해서

Q. 책만으로도 집에서 요가가 가능할까요? 홈요가에 도전하고 싶은데 가능할지, 요가원을 다녀야할지 조언 부탁드립니다.

A. 만약 요가가 처음이라면 요가원을 한 달만이라도 경험해보시는 게 좋을 것 같습니다. 아무래도 호흡이나 미세한 각도, 힘을 주어야 하거나 빼야 하는 부분에 대해 직접 배우는 게 방향이 잘 잡히니까요. 어느 정도 감을 익히고 나면 집에서 혼자 서적이나 영상 등을 참고삼아 해보셔도 될 것 같아요.

2. 요가는 처음인데요

Q. 원래 운동을 잘하셨나요?

A. 아니요. 전혀 아닙니다. 저는 체육은 종류를 막론하고 젬병에 몸을 움직이는 것 자체를 싫어했습니다. 달리기는 타의 추종을 불허할 정도로 느리고 오래 매달리기, 윗몸 일으키기, 앞구르기, 뒤구르기도 못 합니다. 게다가 먹는 대로 찌는 정직한 체질이라 학생 때부터 10kg씩 살이 쪘다가 빠진 경험이 세 번입니다.

Q. 요가를 한 번도 해보지 않았는데 어떤 동작부터 하면 좋을까요?

A. 비달라 아사나, 부장가 아사나, 파스치모타나 아사나, 자누 시르사 아사나, 받다 코나 아사나, 그리고 간단한 비틀기 자세부터 해보세요. 좀 더 익숙해지면 전사 자세, 삼각 자세, 쟁기 자세, 어깨서기를 추천합니다.

3. 자세가 궁금해요

- **고무카 아사나**(소머리 자세)

Q. 저는 이 자세가 너무나 어려워요. 허벅지에 살이 많아서 더 어려운 걸까요?

A. 그것보다는 다리 바깥 선을 늘이는 게 어색해서 그럴 거예요. 대개 일상에서 다리를 안으로 모으는 움직임은 잘 하지 않으니까요. 아래 다리는 펴고 위에만 굽혀서 연습하셔도 좋아요.

Q. 등에서 팔이 어떻게 해야 떨어지나요? 제 팔은 절대 안 떨어져요.

A. 팔을 평소와 다른 방향으로 움직이려니까 되게 이상할 거예요. 손을 등 뒤로 교차해서 잡고 당기는 동작은 살면서 할 일이 거의 없으니까요. 그런데 하고 나면 엄청 시원해져요! 어깨랑 목, 팔의 피로가 쫙 풀리는 느낌이에요. 특히 장시간 앉아서 어깨를 굽히고 문서나 그림 작업을 하는 저에게는 오아시스 같은 동작 중 하나입니다. 우선 손을 맞잡는 게 편해지면 살짝 떨어트려 보세요. 처음부터 무리해서

많이 당길 필요는 없어요. 근육이나 관절이 놀랄 수 있으니 조금씩! 몸이 적응할 수 있게 해주세요.

- **살라바 아사나**(메뚜기 자세)

Q. 잘하는 법 좀 알려주세요. 대체 어디에 힘을 줘야 할까요?

A. 손을 평평하게 대고 몸을 들어 올리는 게 어렵다면 엄지가 매트 쪽에 가도록 손깍지를 하고 골반을 바닥에서 미리 좀 띄워 놓은 다음에 올리는 연습을 해보세요. 그리고 다리가 위에 올라가고 나면 흉추 아래를 살짝 들어 올려야 허리가 아프지 않습니다. 다리 올릴 때 엉덩이 힘을 잘 이용해보세요.

- **할라 아사나**(쟁기 자세)

Q. 일자목을 가진 분들이 쟁기 자세를 어려워하더라고요. 목 디스크나 일자목인 분들도 쟁기 자세를 해도 되나요?

A. 처음부터 무리하지 말고 발을 넘길 수 있는 만큼 넘기고 조심스럽게 움직이며 시도하는 게 좋습니다. 뒷목에만 체중이 실리면 불편할 수 있으니 팔이나 어깨로 더 바닥을 눌러 지탱할 수 있도록 어깨 스트레칭을 미리 하시면 더 좋고요. 저도 일자목이고 목 디스크 증세가 있었어요. 통증이 있을 때는 무리한 자세는 자제하고 평소 무의식적으로 턱을 내밀거나 구부정하게 생활하고 있지 않은지 생활 습관을 점검하는 게 가장 중요합니다. 쟁기 자세가 척추 교정에 도

움은 되지만 일상 속에서 올바른 자세로 있는지 늘 스스로 체크해야 일자목이 거북목으로 진행되는 걸 막고 조금씩 증세가 좋아질 수 있을 거예요.

- 살람바 사르반가 아사나(어깨서기)

Q. 저는 어깨서기를 하면 왜 안 시원하고 담 오듯이 다음 날까지 불편할까요? 저도 시원한 느낌을 받고 싶은데 말이죠.

A. 다음 날까지 불편할 정도라면 정형외과에 한번 가보시는 걸 추천드려요. 일자목 증세일 수도 있습니다. 저도 그래서 이 자세가 불편했었거든요. 앉아서 어깨를 뒤로 열고 팔을 쭉 펴는 동작이나 고무카 아사나의 팔 동작, 파스치모타나 아사나, 웉타나 아사나 등의 전굴에서 숙이기 전에 상체와 고개를 들어 올리는 동작이 도움이 된 것 같습니다. 어깨서기는 말 그대로 '어깨'로 서는 것이기에 뒷목에 체중이 덜 실리도록 팔과 어깨로 바닥을 잘 누르는 게 가장 중요한 것 같아요. 그러나 이건 바꾸어 말하면 어깨뼈가 온몸을 지탱할 만큼 튼튼해야 한다는 것입니다.

- 하누만 아사나(원숭이 자세)

Q. 안되는 사람은 어떻게 해야 되나요? 계속 찢으면 되나요?

A. 아도 무카 스바나 아사나(다운독)에서 한 발 들기랑 한 발 왕 비둘기 준비 자세 그리고 테이블 자세에서 한쪽 다리만 앞으로 펴서 전굴

연습을 하다가 뒤쪽 다리도 서서히 펴는 연습을 해보세요. 장요근, 다리 앞선, 다리 뒷선이 충분히 늘어나야 무리 없이 할 수 있어요.

Q. 하누만 아사나를 할 때 골반 균형이 맞지 않아서 손을 떼고 상체를 뒤로 젖히는 게 힘들어요. 어떻게 해야 할까요?

A. 저도 한쪽으로는 그 동작이 잘 되지 않았어요. 누구나 크고 작은 불균형이 있는데 우선 그걸 인지했다는 게 중요해요. 하누만을 할 때마다 발 모양을 앞뒤로 확인하며 균형을 맞추려고 해보고 상체를 뒤로 젖히는 연습은 로우 런지에서 뒤쪽 다리만 바닥에 편 상태에서 해봅니다. 하누만뿐만 아니라 다른 자세에서도 골반을 잘 살펴보세요. 그러다 보면 갑자기 완전한 균형을 맞출 순 없더라도 조금씩 양쪽 자세의 차이가 줄어들 거예요.

4. 유연성 전반에 대해서

Q. 뭘 해야 팔이 쫙 열리나요?

A. 앉아서 깍지를 끼고 손바닥을 천장으로 내밀며 팔을 들어 올려 조금씩 뒤로 보내는 연습을 해보세요. 개운해져요.

Q. 어떻게 해야 갈비뼈가 잘 열리죠?

A. 고양이 기지개 자세와 부장가 아사나를 추천합니다.

Q. 허리의 유연성은 점차 생기는 걸까요? 유연성이 길러지는 아사나를 하다 보면 허리에 힘만 쓰게 되는 기분이라 이게 유연해지는 건지 잘 모르겠어요.

A. 허리만 쓰려고 하기보다는 목(경추), 등(흉추)도 함께 움직여서 척추를 골고루 신장시키는 게 좋습니다. 몸 뒷면에 힘을 쓰되, 앞면을 활짝 여는 느낌에 집중하면 더 편안하게 되는 것 같아요. 또 후굴이라도 자세에 따라 다리의 힘이나 엉덩이의 힘, 발등으로 바닥을 누르는 힘 등이 필요하므로 그걸 잘 이용해보세요.

5. 요가 전반에 대해서

Q. 요가가 정확히 무엇인가요? 언제부터 생겼나요?

A. 요가는 고대 인도 철학 중 '요가학파'에서 비롯되었습니다. 대표적인 경전이 '파탄잘리'가 5세기경 남겼다고 전해지는 《요가수트라》입니다. 흔히 사람들이 '요가'라고 알고 있는 몸으로 하는 요가 자세는 《요가수트라》에 명시된 '요가의 8단계' 중 3단계에 해당합니다. 세월이 흐르며 점차 많은 아사나들이 누적되었습니다.

[요가의 8단계]

1. 야마: 금지하는 계율(금계). 기독교 십계명, 불교 오계와 비슷한 개념.

- 아힘사(비폭력), 사트야(진실), 아스테야(도둑질 금지), 브라마차

리아(금욕), 아파리그라하(과욕 금지).

2. 니야마: 권장하는 계율(권계).

- 청정(몸과 마음의 정결), 만족(생명 유지에 필요한 것만 취하는 것), 고행(인내), 독송(경전 공부), 신심(신에 대한 믿음).

3. 아사나: 좌법. 안정되고 쾌적한 것. 몸으로 하는 요가 동작을 뜻함.

4. 프라나야마: 호흡법. 호흡 억제 등으로 프라나(몸의 생명에너지)를 조절하는 것.

5. 프라티아하라: 제감. 여러 감각 기관을 제어하여 외부 자극에 반응하지 않도록 함.

6. 다라나: 응념. 한 가지 대상에 마음을 모으는/묶는 것.

7. 디야나: 명상. 다라나의 집중력이 지속되게 하는 것.

8. 사마디: 삼매. 불교의 깨달음. 집중이 깊어져 대상만이 남아 밝게 빛나고, 의식 작용은 멈춘 듯한 상태. 대상과 온전히 하나가 되는 것.

감사의 글

생애 첫 책을 출간하게 되어 말로 다 하지 못할 만큼 감격스럽습니다. 그림과 글 작업을 모두 하면서 부족한 점이 있었지만 그래서 더 많이 배웠습니다.

요가를 배우고 나누는 데 도움을 준 모든 요가 인연들. 용산자이 요가회, 고용노동청 요가회, 책 언제 나오냐고 수시로 물어보신 예비독자님들 및 친구, 지인들, 선세영 편집자님, 수개월간 제가 앉아서 글 작업을 했던 단골 카페의 사장님과 직원분들, 이원 언니, 엄마, 아빠, 동생 연우, 어머님, 아버님, 형님네, 친척들 그리고 사랑하는 남편 석병화 님에게 무한한 감사의 인사를 전합니다.

나마스떼, 당신과 내 안의 신성한 빛에 경배합니다.

참고 문헌

〔참고 서적〕

《요가디피카》, B. K. S. 아헹가 지음, 현천 옮김, 선요가

《요가수트라》, 정태혁 지음, 동문선

《아사나 쁘라나야마 무드라 반다》, 스와미 싸띠아난다 사라스와띠 지음, 한국요가출판사

《요가 아나토미》, 레슬리 카미노프, 에이미 매튜스 지음, 한유창 외 2인 옮김, 푸른솔

〔참고 웹사이트〕

Yoga Journal(https://www.yogajournal.com)

걱정과 고민을 툭, 오늘도 나마스떼
요가의 언어

초판 1쇄 발행 2019년 9월 20일
초판 6쇄 발행 2023년 11월 23일

지은이 김경리
펴낸이 이승현

출판1 본부장 한수미
와이즈 팀장 장보라
편집 선세영
디자인 조은덕

펴낸곳 ㈜위즈덤하우스 **출판등록** 2000년 5월 23일 제13-1071호
주소 서울특별시 마포구 양화로 19 합정오피스빌딩 17층
전화 02) 2179-5600 **홈페이지** www.wisdomhouse.co.kr

ISBN 979-11-90305-51-8 03810

가뿐한 몸을 위한 30분 Yoga

#홈수련 #바쁠때 #몸을깨우는 #핵심아사나

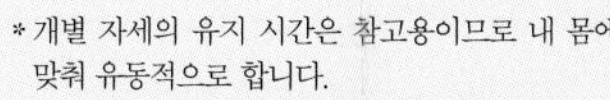
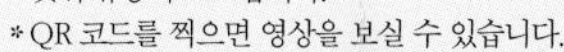

* 개별 자세의 유지 시간은 참고용이므로 내 몸에 맞춰 유동적으로 합니다.
* QR 코드를 찍으면 영상을 보실 수 있습니다.

3분(명상, 몸 풀기)

호흡 및 가벼운 목 운동

2분(전굴, 골반 열기)

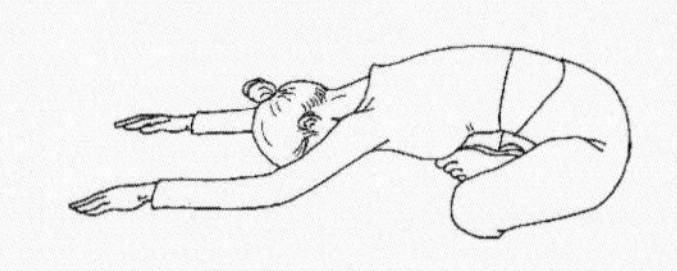

받다 코나 아사나

2분(측굴, 골반 열기)

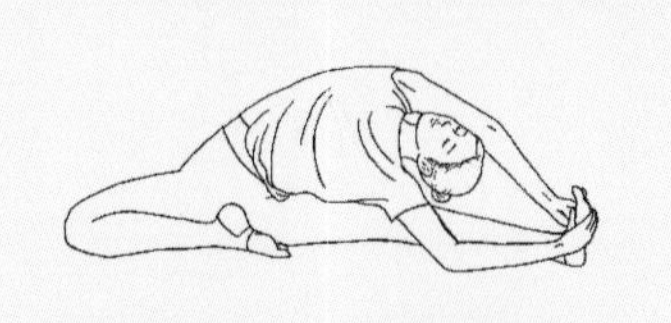

파리브르타 자누 시르사 아사나

2분(비틀기)

아르다 마첸드라 아사나

2분(전굴)

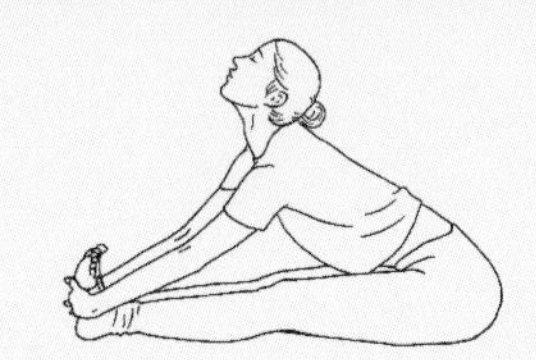

파스치모타나 아사나

1분(균형 잡기, 근력)

파리푸르나 나바 아사나

2분(후굴, 전굴)

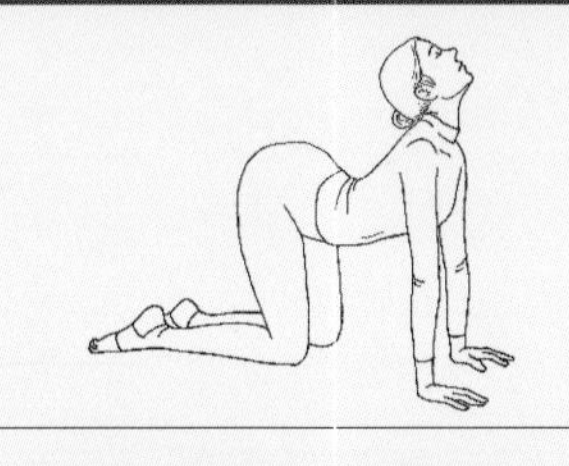

비달라 아사나

1분(근력)

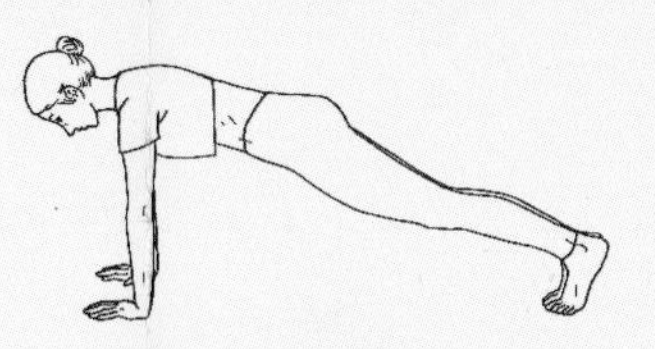

하이 플랭크

1분(전굴)

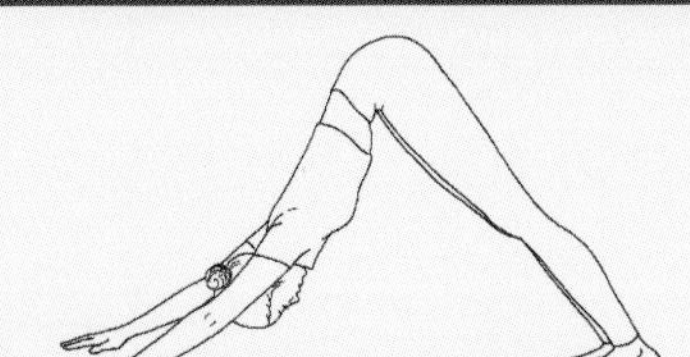

아도 무카 스바나 아사나

3분(균형 잡기, 근력)

비라바드라 아사나(전사 자세)

1분(전굴)

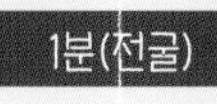
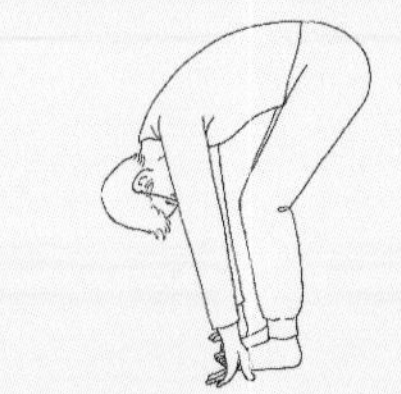

우타나 아사나(서서 전굴 자세)

1분(전굴)

아도 무카 스바나 아사나

2분(후굴)

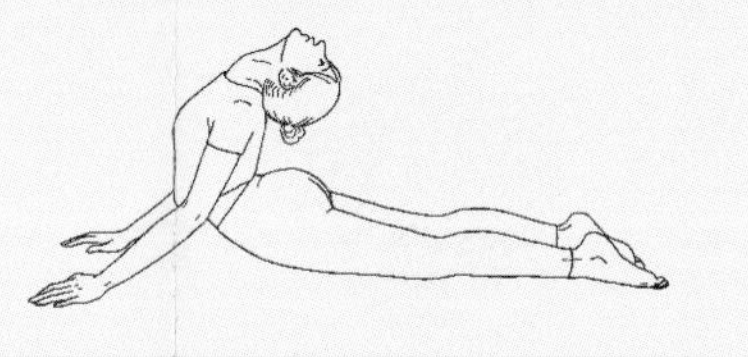

부장가 아사나

1분(이완)

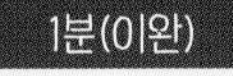

발라 아사나(아기 자세)

2분(전굴, 역자세)

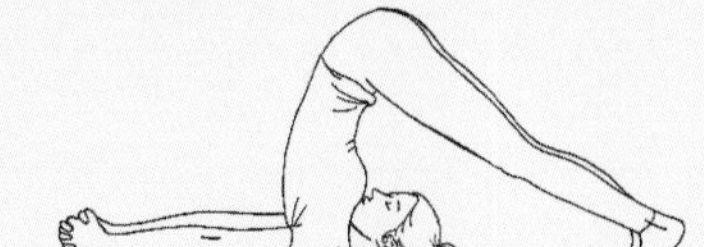

할라 아사나

1분(후굴)

마츠야 아사나

3분(이완)

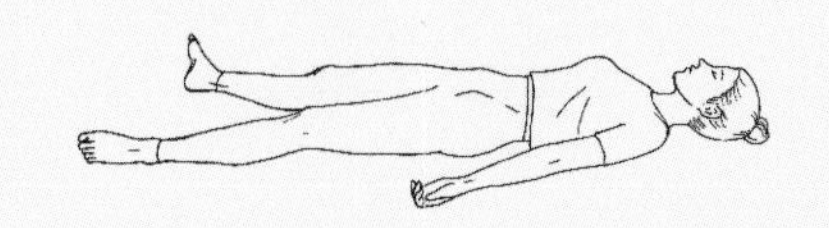

사바 아사나

깊고 부드러운 60분 Yoga

#부드럽고 #단단하게 #개운하게 #내몸탐구

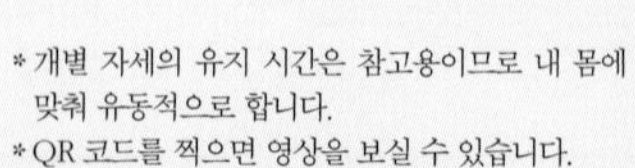

* 개별 자세의 유지 시간은 참고용이므로 내 몸에 맞춰 유동적으로 합니다.
* QR 코드를 찍으면 영상을 보실 수 있습니다.

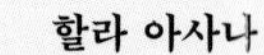

할라 아사나

살람바 사르반가 아사나

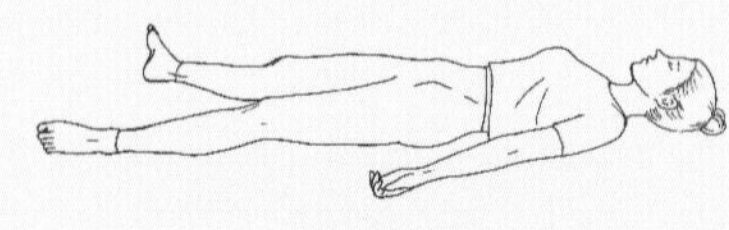

우르드바 무카 파스치모타나 아사나

사바 아사나